目覚めたら悪役令嬢でした!? 2

～平凡だけど見せてやります大人力～

木《き》津《づ》川《がわ》晴《はる》子《こ》
27歳、会社員。記憶喪失中。
二《にの》宮《みや》悠《ゆう》貴《き》
優華と同じ高校に通う、幼馴染で婚約者。晴子の正体を知っており、よき協力者となっている。
瀬《せ》野《の》優《ゆう》華《か》(晴子)
18歳、高校三年生。実家は財閥のお嬢様。晴子が目覚めると、悪役令嬢ポジションの彼女となっていた。優華を階段から突き落とした犯人を探すことに。
登場人物紹介

江《え》角《すみ》奏《かな》多《た》
優華たちの後輩。奏多のバイオリンに優華は慰められていた。
水《み》無《な》月《づき》早《さ》紀《き》子《こ》
学園の図書館司書。晴子の協力者の一人。
紺《こん》谷《たに》敬《けい》司《じ》
悠貴の友人の一人で、同級生。
松《まつ》宮《みや》千《かず》豊《とよ》
ツンデレで正義感の強い同級生。

目次

1. 夢から覚めても夢でした

――る子。晴子《はるこ》！

なあに、私の名前を呼ぶのは誰……。

――晴子！　起きなさい！

あ、お母さんか。

「晴子！　いつまで眠っているの。遅刻するわよ、早く起きなさい」

やー、もうちょっと寝かせてよ。すごく疲れているの……。後、五分。ほんの五分でいいから。

「あなたの好きなホットケーキを焼いたのよ。冷めてもいいの？　早く起きなさい」

もうっ、だったらそれを先に言ってよねー。起きますよ、起きるに決まっているじゃない！

「ふわぁぁ。おはよー」

私はベッドから起き上がると、うーんと腕を伸ばした。

「何かさー、面白い夢を見ちゃって」

「面白い夢？」

「うん、私がね。高校生になる夢」

「あら、学生の頃の夢なら私も今でも見るわよ」

「え、お母さんが⁉　よく覚えているね。はるか化石の頃の話でしょ⁉　驚愕です！」

「誰が化石ですって、この子はー」

お母さんはそう言うと寝起きの私のこめかみに拳《こぶし》を当てて、ぐりぐりローリングしてきた。

「いたたたっ！　痛いってば」

「人を年寄り扱いするんじゃないわよっ！　あと、早く支度なさいな。髪の毛、寝癖ついているわよ」

「えー。お母さん、鏡！　鏡を取って」

机の上の手鏡を取ってもらい、覗《のぞ》き込むと、肩についた髪先が思い思いの方向に跳ねているのが見て取れた。

「わっ、本当だ。急いで直さなきゃ。……ん？」

私はまじまじと鏡の中の自分を見つめた。

「私ってこんな顔だったっけ。もう少し可愛――」

「安心なさい。起きがけで目が腫れているだけで、あなたの顔よ」

「ぜんっぜん安心できないんですけど⁉」

思わず苦笑いしてしまった。毒舌だな、お母さんは。

「また夜更かしし過ぎたんじゃないの。さあ、もう皆揃《そろ》っているわよ。私は先に下りるからね」

「はーい」

お母さんが部屋から出て行くと、ベッドから足を下ろし、着替えを済ませる。そしてリビングへと下りて行った。

「おはよー」

「おはよう、晴子」

「おそよう、姉さん」

私がお父さんと弟に声を掛けると返事が返ってきた。二人とも既《すで》にテーブルに着いている。

「何よ、おそようって」

椅子を引きながら弟にそう言った。

「遅いから」

「おそようって、子供か！　いーだっ！」

私は顔をしかめて弟に歯を見せる。

「……どっちがだよ」

「ほらほら、二人とも朝からよしなさい」

お母さんが私たちを窘《なだ》める。

「やー、今日は朝から妙な夢を見ちゃってねー。だから遅かったの」

「姉さん、今日だけじゃなくていつも遅いよ」

「お黙りっ」

「まあまあ。それで晴子、どんな夢なんだい？」

お父さんが取りなすようにそう尋ねてきた。

「うん、それが高校生になる夢でね。あ。でも、高校生は高校生でもちょっと特別な夢なのよ？」

「特別？」

新聞を畳みながらお父さんは首を傾げた。

「私、全くの別人になっていたの。何とお金持ちのお嬢様！　もしかしたら前世がそうだったのかしらー、おほほほ」

「ほら、晴子。夢の話はいいから食べなさい。仕事に遅れるわよ」

仕事？　あれ？　私、社会人だっけ。ああ、そっか。社会人だった。でもだったら、一人暮らしをしていたんじゃなかったっけ。

「何、ぼーっとしているの。ほら、紅茶よ」

小首を傾げる私にお母さんがティーカップを目の前に置いた。

「あ、ああ、うん」

ま、いいか！

「ばあや、今朝《けさ》のお茶は何かしら？」

夢の続きで、私は少し気取ってお母さんに尋ねてみる。

すると口元はにっこり笑いつつ目を三角にしたお母さんが再び、私のこめかみにぐりぐりローリング刑を執行してきた。

「誰がばあや、ですってぇ⁉」

「いっ、痛いってば。冗談だってば」

「こ、こら、止めなさい」

「姉さん、同情の余地無し」

お父さんはお母さんを窘めるが、弟は平然としたものだ。

「もう、薄情だなぁ」

「自業自得だろ。だけど、夢で良かったな。姉さん、数学苦手でしょ。高校生やり直しとか、無謀だろうし」

「そうなのよ。あはは、良かったわー、夢で」

そう、夢で。……夢で良かった。


——何が夢で良かった？


そんな言葉が不意に浮かんで不安になる。

するとお父さんがわずかに眉を下げて言った。

「だけど晴子」

「ん？」

「晴子にとって一体どちらのげ——が幸せなんだろうね？」

「え？　何？　ごめん。よく聞こえない」

何かの音が入りこんでお父さんの声が聞こえない。

「晴子にとってそちらの——つの方がいいの？」

お母さんは悲しそうな表情を浮かべるが、何かの音が邪魔《じゃま》して、やはり肝心な所が聞き取れない。

困惑する私に弟がさらに言った。

「いつまでそうしているつもり？　こちらのげ——が本当の——つだよ」

「え？　何て言ったの？　ねえ、今何て言ったの。聞こえないよ、ひ――」

弟の名前を呼ぼうとしたその時。

トゥルリラリ～トゥルリラリ～。

今度ははっきりとした音楽として認識され、目の前の景色が跡形も無く消えた。


携帯から流れる音楽がまた朝の訪れを告げた事を知る。

っ！　夢⁉

今までの事は全部――。

私はベッドから勢いよく起き上がったが、すぐに周囲を察して虚脱感を覚え、膝を立てると顔を伏せた。

私は晴子、木津川《きづがわ》晴子、二十七歳。会社の駒の一つ、ただの平社員。どこにでも存在するような平凡な人間。そして今の私は……。

わずかに乱れた呼吸を整えると、膝に伏せた顔を上げる。

肌触りが良い上等そうなシーツ、大きなベッド、品のある清楚なカーテン、広いと言うには言葉が足りないほど、高級ホテルのような美しく開放的な部屋。

私は周りを見渡すと諦めのため息を一つ落とした。

スヌーズ機能で再び鳴り出した携帯のアラームを止め、もう一度ベッドに倒れ込み、うーんと背伸びをすると、ようやくベッドから出る。

あくびをしながら化粧ルームへと向かい、洗面台の前に立つと大きな鏡を覗き込んだ。

そこにいたのは、自分とは似ても似つかない姿、肩にかかる髪の長さと艶《つや》のある真っ黒の髪、少しつり上がった瞳の美少女。瀬野《せの》財閥のご令嬢、瀬野優華《ゆうか》さんの姿が映っていた。

起きたばかりにもかかわらず、それを感じさせない美しさは若さゆえか、素材ゆえか。……うん、まあ普通に両方ですよね。

私はふぅと大きく息を吐く。

何がどうなってこうなったのか分からないが、現在、私の姿はその瀬野優華さんになっている。

当の優華さんと言えば、彼女の意識はどこにあるのか分からず、そして私もまた大半の記憶を失っており、状況が全く掴《つか》めない。

しかし私の戸惑いや不安感を余所《よそ》に時間だけが何のためらいもなく流れていく。私が今できる事はこの状況を受け入れ、目の前にある学園生活を過ごすという選択肢しかなかった。

そう思ってとにかく前に進んだ私の前に突きつけられた問題は、優華さんがどうやら誰かに階段から落とされたという事。そして優華さんは彼女が通う学園で悪名を轟《とどろ》かしている、いわゆる悪役令嬢だという事。しかし、実際の彼女は歪《ゆが》められた噂に翻弄《ほんろう》されるただの一人の女性。いや、むしろ被害者だったという事だ。

そしてそれらを解決するために日々動いていこうと心に決めた。

私自身がこの生活に順応していくため、そしていつかきっと、この身体に、この学園に戻って来るだろう彼女にとって少しでも良い環境にしておきたいと望むがために。

それが私にできる唯一の——だから。

「え……。今、私、何と？」

鏡の中の自分に問おうとしたその時。

リビングの方で壁時計が鳴る音が響いて、はっと我に返る。

「いっけない。朝食の時間に遅れてしまう！」

私はひとまず考えを放棄して、急いで顔を洗い、身支度をした。


「おはようございます、悠貴《ゆうき》さん」

「おはよう。……あれ？　晴子さん、今日は何だか顔色が悪くない？」

朝食が終わり、優華さんの婚約者である二宮《にのみや》悠貴さんの元へと歩み寄ると、彼は少し表情を曇らせた。

なかなか鋭いな、悠貴さん。

けれど私は笑って誤魔化《ごまか》す。

「え？　あ、ああ！　夢見が悪くてねー」

「夢見？」

「ん。お化けに追いかけられる夢を見たの。朝から疲れたわ」

「……そう。それは大変だったね」

悠貴さんはそれ以上の事は尋ねて来ず、ただ、いつものような笑みに戻すだけだ。

「ところでその私服、優華のだよね？」

そう言って彼は私の格好を少し驚いた表情で見つめる。

本日は土曜日で学校はお休みだ。寮内ではもちろん私服は着用可なのだが、休みの時は学園内でも節度を保った私服なら着用していいそうだ。

休みにも学園内で開放されているのは、図書館に美術館、植物園などの施設。他にも美術、技術系の教室や音楽室などの主に部活、特待生組に使われる教室やグラウンド、練習場なども開放されているらしい。

今日はせっかくだから優華さんの私服を着てみる事にした。

彼女の私服は清楚《せいそ》なワンピース系や膝下のフレアスカートが多い。

そんな中、こっそり隠されるように他と比べて丈の短いラップスカートが一番端にかけられているのを見つけた。

前の巻きの部分が斜めに留めるようになっているため裾《すそ》がアシンメトリーとなり、遊びがあって可愛い。

しかし悠貴さんの反応を見ると、優華さんはこういった服装は部屋で眺めているだけで一度も外で着ていないようだ。

こういう服装は着ることができる年代制限というものもあるし、着る事ができる時期に着なくちゃね。

「ええ、そうですの。この姿、いかがでしょうか」

私はちょっと気取ったポーズを取って、悠貴さんにお伺《うかが》いを立ててみる。

「うん、よくお似合いだよ」

「ふふ、ありがとうございます。……うーん、でも。今更だけれど、優華さんの部屋にあったとは言え、こういう服を着てもよかったのかしら」

「普段のイメージとは少し違うけど、気品を損ねてまではいないし、そういうカジュアルな服も今の優華の姿にはよく似合っているからいいと思うよ」

「それって一体どういう意味よっ。……いえ、言わなくてよい」

素直に口を開こうとした悠貴さんを手で止めた。

だけど、優華さん、本当はもっとこういう服を着たいんじゃないかな。小説もわざわざ隠していたし、家の関係か、あるいは周りが抱く自分のイメージを壊したくないのか、気持ちをセーブしている部分があるのかもしれない。

「……優華、色々無理していたのかな」

「誰しも自分の全てをさらけ出せるほど、強くはないわよ。周りの人が自分に抱くイメージを守ろうとして大なり小なり、人は無理しているものだわ」

「……だね」

「ああ、ところで話は変わるけど」

そう言って、朝に似つかわしくない何となく暗くなった流れを切った。

「悠貴さん、今日は何か空気が違わない？　土曜日で学生も浮かれているからかしら？」

いつものように朝食を摂っていた時から感じていた私は悠貴さんにそう尋ねてみる。

実家に帰る人もそれなりにいるようで、朝食の席では空席が目立っていた。

いつもより学生の人数が少ないからだろうか。普段周りから突き刺さるような視線が、今日はやけに和らいだ感じがするのは。

「ん？　それもあるかもしれないけど。でも、昨日の事が関係しているんじゃないかな」

「と言うと？」

昨日のあの談話室で私たちが立ち去った後、優華さんのイメージが変わった人も多くなったように肌で感じたと言う。

「ひそひそ話だったけど、皆、君に好意的な話をしていたよ。元々水面下では彼らの横暴は目に余っていたようだし」

「そうなの？　優華さんのイメージが少しでも回復したなら、こんなに嬉《うれ》しいことはないわね」

昨夜色々考えていただけに、ほっと力が抜けるまま笑みを浮かべた。

とりあえず今回はプラス評価を頂《いただ》けたようだ。でもこれからはもっと慎重に行動しないとね。

どうも私は勢いだけで飛び出しちゃう性格みたいだし。

「ありがとう、晴子さん」

「改まってなあに。恥ずかしいじゃない」

悠貴さんは笑みを消して、でも……と続けた。

「でも晴子さん、無理していない？」

「え？」

「優華のために、って頑張ってくれるのは嬉しいよ。でもそのせいで晴子さん自身は無理していない？」

「……していないわ。何を言っているの？　私は大丈夫よ？」

さっきの事をずっと気に掛けてくれていたようだ。でも、年下の子にまで心配をかけているようじゃ、私もまだだわねと心の中で苦笑する。

「それより悠貴さん、今日は一度実家に帰ってお父様に聞いて来てくれるのよね。婚約解消の理由」

悠貴さん側からではなく柏原《かしわはら》家からの婚約解消。その理由いかんによって、柏原静香《しずか》さんを犯人候補から削除する事ができる。

地道な作業だけど、一つずつ潰《つぶ》していくしかない。

「あ、ああ、うん。一人にするけど大丈夫？」

「平気平気。優華さんの実家に行く事を考えると、ずっと気楽に過ごせるわ。寮には施設も豊富だし、図書館は開放されているから早紀子《さきこ》さんにも会いに行くつもりだし」

「ああ、水無月《みなづき》さんに。でも、気をつけて。できるだけ人気の少ない所は避けて」

「ええ、分かったわ。それともう一つの件もよろしくね」

私は悠貴さんを送り出すと、私服に合わせたバッグを片手に寮を出た。

すると、優華様と声を掛けられる。

その声に振り返ると、君島薫子《きみじまかおるこ》様と彼女のお取り巻きご一行様がそこにいた。

彼女は本日も華々しく、ぱっと見ただけでも分かる高級そうな服で身を包んでいる。しかし、決して服負けしない辺り、さすが財閥家のご令嬢と言ったところか。

そして周りの女性方も薫子様に見劣りしないくらいのお洒落な格好をしているので、もしかする

ところかから外出するのかもしれない。

ところ

とこれから外出するのかもしれない。

「素敵な装いですね。これからお出かけですか、薫子様」

「ええ、そうですの。優華様の今日のお召し物も……ふふ、とてもお可愛らしいですわよ」

褒め言葉を口にしながらも、小馬鹿にしたような上から目線で見ているの、気付いていますよ、薫子様！

そう思いながらも笑みを返していると、薫子様はお誘いの言葉を口に出す。

「わたくしたちこの後、外出するのですが、ご一緒にいかがですか？」

「ありがとうございます。ですが、わたくしは本日、外出届を出しておりませんので」

「まあ、そうですか！　それは仕方ございませんわよね。では、わたくしたちはそろそろ参りますわね」

ああ、うん。切り替え早いね。社交辞令サンキューでした。

「お気を付けて行ってらっしゃいませ」

「ありがとうございます。では、ごきげんよう」

薫子様は髪を肩で払いながら身を翻す。

すると皆もそれに続き、そして最後に控えていた取り巻きの一人、みなみさんもこちらに一瞥だけ寄越すとすぐに踵を返した。

……あの隊列ってやっぱり親の権力の強さで決まっているのかしら――とか考えている場合じゃないね。私も行かなくちゃ。

ぼんやり薫子様ご一行を見送っていた私だったが、自分もまた目的地の図書館へと足を向けた。

えーっと、こっちだったかしら、あら、違ったこっちね。

私はうろうろ動き回る。安定の方向音痴《おんち》万歳です。

何とか辿《たど》り着いた図書館。

入ってみると、やはり生徒の数は以前に来た時よりも少なかった。いつもは制服姿の生徒たちだが、本日は各々私服を着ていて統一感が失われているのも休みの気楽さを醸《かも》し出しているのだろう。

図書館は年末年始やゴールデンウィーク、お盆時期を除いて常に解放されていて、司書さんはシフト制らしい。

学校の図書室にしてはいやに大きすぎるし、ここの生徒のためだけにほぼ日常的に開放するのは大変だなと思っていたら、実は一般の人にも開放されていたとのこと。

道理で出入り口で学生証が必要だったわけね。入る時はともかく、出る時も学生証が必要と聞いてなぜなのよと思っていたら、一般の人は一般人専用の出入り口のみ出入りが許されているかららしい。

なるほど、生徒の出入り口は直接学園構内に繋《つな》がっているから学生証がある人のみ学園内に入れるって寸法ね。納得。

そう思ってよくよく見渡してみたら、生徒だけじゃなくて色んな年齢の方がいるわ……。

ああ、そっか。男性が触れると、もれなく心が壊死する「不実な彼氏退治法」なる猛毒本が置いてあったのは、そんな理由だったのか。今の高校生の恋愛って、尖《とが》っているんだなーと思っていたよ。

しかし、そうなると学生証を借りたりして良からぬ者が学園内に侵入する事はないのかしらといらぬ心配をしてしまう。

まあ、校門は警備が強化されているのだから、きっとここも何らかのセキュリティーがあるのだろう。深く考えまい。

今日は早紀子さんは勤務だと言っていたので、いるはずだと思ってカウンターを見てみる。目が合って、笑みを浮かべながら会釈だけ交わすと私は本棚へと足を向けた。

早紀子さんとしては仕事中だから、そう話してはいられないものね。

とりあえず目的の本があるわけではないので、ぶらぶら歩き回ってみる。

ああ、そう言えば、数学の授業が少しばかり辛いから参考書でも探してみようかなぁ。何せ三角関数とかまるっきり忘れていたものね。優華さんは成績上位者と悠貴さんが言っていたし、授業中に答えられなくて彼女に恥をかかせるわけにはいかない。

あ、そうだ。後でも授業内容を確認できるように、携帯にボイスレコーダーのアプリを入れさせてもらおうっと。

私は図書館の隅の方に移動すると、携帯を操作してアプリをインストールした。

よし、完了。これで授業中に眠くなっても大丈夫ね！　……いや違った。復習するためね、復習のため。

そう、考えを改め直しながら参考書コーナーに行くと、それらしき本があったので手を伸ばした。

うん、あれ？　思いの外《ほか》届かない。そっか、優華さんの方が私より若干低そうだものね。こういう感覚はまだ慣れないな。

つま先立って足をふるふるさせていると、横からすっと手が伸びてその本が取り出された。そして、この本でいいですか？　と本を差し出された。

おぉ。まるで少女漫画の一場面みたいではないか。

そう思って感動して見上げると、そこにいたのは有村雪菜《ありむらゆきな》さんの想い人、佐々木千尋《ささきちひろ》君だった。

「あら、こんにちは。佐々木さんでしたわね。どうもありがとうございます」

「こんにちは、瀬野先輩。お休みでも勉強ですか？」

「ええ。あなたも参考書を抱えていらっしゃるわね」

佐々木君が抱えた本に視線を移すと、僕はあまり成績が良い方ではないのでと彼は照れ笑いをする。

すると。

「千尋ー。参考書見つかった？　机、確保できたぞ」

友人が呼びに来た。佐々木君は今行くよと友人に声を掛けて、こちらに視線を移す。

「じゃあ、僕は失礼致します。……あ、そうだ。学校の美術室にも作品が置いてありますので、ぜひ遊びにいらして下さい」

「ええ、ありがとう。必ず伺うわ」

彼が会釈して立ち去るのを小さく手を振って見送った。

では私もそろそろ早紀子さんをからかいに行きましょうか。

持ってきたメモ用紙に走り書きすると、参考書を持って早紀子さんがいるカウンターに近付いた。

私は受付お願いしますと本と一枚の紙、そして手続きのための学生証を差し出す。

『デートはどうでしたか』

そう紙に書いた紙を見た早紀子さんは頬を染めて、私の顔を見上げた。そして紙の下に書いてこちらに寄越した。

『デートじゃないわよ』

私はその紙を受け取ると、カウンターで『またまたぁ』と書き足す。するとまた早紀子さんが書いてこちらに寄越す。

『ウソじゃないもの。食事だけ』

『でも、気がないと誘わないわ』

『そうかしら。でもお礼だって』

『お礼と言った方が誘いやすいから。次はって言われなかった?』

高速で紙のやり取りをしている私たちに、隣の司書さんはびっくりした顔でこちらを見つめている。

にへらと愛想笑いしてみると、司書さんは慌てて顔を背《そむ》けた。あら酷《ひど》い。

『また誘っても良いか聞かれた』

『やったねっ!』

『期待してもいいのかな』

『もちろん!　良かったね。いつから好きなの?』

「って、いや、何で私の気持ち分かってるの⁉」

思わず早紀子さんは小さく叫んだ。

すると隣の司書さんは片眼を伏せて、ゴホンと咳払《せきばら》いした。

「す、すみません……」

早紀子さんは小さく肩をすくめ、私も一緒に謝った。そしてこんな対応の中、きちんと手続きを終えてくれていた早紀子さんにもう一度だけ紙を差し出す。

『お邪魔してごめんなさい。でも楽しかった。もう行くわね』

『こちらこそ。では、またね』

「ありがとうございます」

私は本を受け取って図書館を出た。

悠貴さんはもう家に着いた頃だろうか。

バッグから携帯を取り出し、操作する。そして再びバッグに携帯をしまうと歩き出した。


これからどうしようかしらね。

とりあえず校舎を右手に庭に出て歩いていると、スポーツ特待生の学生さんだろうか、グラウンドで練習している姿が見える。まだ初夏とは言っても、日差しが強い。昨今の温暖化の影響もあって、外の競技はやはり厳しいだろう。

休みなのに大変ね。でも運動は一日休むと取り戻すのに三日かかると言うものね、などと少し止まって観察した後、また歩き出した。

さてと、そろそろかしら……。

「あ、そうだわ！」

私はポンと手を打って小さく叫ぶと、急に駆け出して走る。若いっていいね。走っても疲れないよー、などと体力的に余裕を持ちながら、前方の角で急ブレーキを掛けて右に曲がると校舎とプレハブに挟まれた小道に入る。

そして一息つくと、校舎の壁に背を任せて追いかけてくるのを待った。

昨夜、優華さんのノートを読んでいた中で、噂とは別に最近常に人に見られているような気がして気味が悪いと書かれていた。

私もそれを読んで気付いたが、ここ数日、日常的に受ける視線とは別の気配というものを肌で何となく感じ取っていた。

それは決まって——。

走って土が擦《こす》れる音が近づく。

その人物が軽く息を弾ませて曲がり角に現れた時、私は腕を組んだまま手を小さく振った。

「はぁい。ごきげんよう」

「っ⁉」

その人は驚いた表情をして、こちらを見つめる。

私はゆっくりと笑みを深めた。

「わたくしに何かご用かしら。……紺谷敬司《こんたにけいじ》さん」

2．落としの晴子、落とされの晴子

私が待ち受けていた事に一瞬驚いた表情をした紺谷氏だったが、すぐにいつもの軽薄そうな笑みを浮かべた。

「あれ、瀬野さん？　偶然だね」

「偶然？」

「うん、俺はたまたまこっちに来たんだ。その奥から行く方が近道だから」

「……あら、そうでしたの」

私は腕を組んで、未だ壁に身を寄せている。

何なんですか、このお粗末な言い訳は。情けないぞ、紺谷氏。ナンパ男ならナンパ男らしく、薔薇のような君の美しさに惹《ひ》かれてここまでやって来たんだ、みたいな悪寒《おかん》で鳥肌が立つセリフくらいは言ってみせなさい。……ごめん、やっぱりいいです。

「うん。通らせてもらうね」

そう言って、私の前を通り過ぎようとするので、私は右足を上げて……。


ドンッ！

伸ばした足をプレハブの壁に叩きつけるように置いて道を塞《ふさ》いだ。

これぞまさしく元祖壁ドンであろう。

「お待ちになって。まだこちらのお話は終わっておりませんのよ？」

足を上げてにっこり笑う私に、紺谷氏はすっかり面食らっている。

確かに高貴なご令嬢がする行動とは到底思えないですよね。優華さん、品位を落としてごめんなさいね……。

「わお。綺麗《きれい》なおみ足だね」

「まあ、ありがとう存じます」

スカートから露《あら》わになった太ももをマジマジ見つめてそう言えば、恥じらいを感じて私が引くとでも思っているのかね。甘いのじゃ。女子力低下気味の私には通用せぬ。

一瞬すっと虚《むな》しさがよぎったが、私がお礼を言うと彼は絶句した。

……うん。いよいよ優華さんの品格が疑問視されてきていますよ。

「それで何故《なぜ》わたくしを尾《つ》け回していたのか、教えて頂ける？」

「誤解だよ。たまたま偶然同じ方向に来ただけだって」

「誤解、ですか」

私は大袈裟《おおげさ》にやれやれとため息を吐《つ》いてみせた。

「あなた、警察官僚の息子だというのに、言い繕《つくろ》いが下手のようね。それでは立派な落としの刑事になれなくてよ？」

「いや、ならないし。とにかく俺《おれ》、急ぐからごめんね」

私が動こうとしない事を悟ると、彼はため息を吐き、身を翻《ひるがえ》して元の道へと戻ろうとした時。

「瀬野……。その格好はまずいだろ。カツアゲしている姿そのものだぞ」

そう言って若干引いた顔をしながら角から現れたのは私に協力してくれている松宮千豊《まつみやかずとよ》さん。

あら、このお嬢様、お坊ちゃま学校にもカツアゲは存在するのね。しかしそんな風に見えるとは全く持って心外である。とは言え、意表を突いて時間稼ぎはできただろう。

私は彼が来てくれた事でようやく足を下ろすと、両腕を伸ばして紺谷氏を挟み撃ちにする。

「お前は……松宮、か」

「よう」

松宮氏は軽く手を上げる。

「悪いけど、お前を尾行させてもらった。瀬野の行く先々、跡を尾けていたのは確認している」

「……へぇ。案外君の方が探偵か刑事に向いているのかもね」

「それはどうも」

皮肉っぽく笑う紺谷氏に、あくまでも松宮氏は軽く流す。

そして私は関心をこちらに引き戻そうと、紺谷さんと声を掛けた。

「それで先ほどの質問に答えて頂けて？　いつ頃からか人の気配が常にあるような気がして、とても怖かったのですわ」

誰か自分に悪意を向けているのかもしれない。怖くて仕方がない、どうしたらいいのか。優華さんの手記にそう書かれていたのだ。

思わず睨み付けてしまっても仕方がないだろう。

松宮氏がストーカーはお前だったのか？　と言って眉を上げて厳しい表情を見せると、紺谷氏は観念したかのように肩をすくめた。

「君が好きだからだよ」

「好き」

「そう。好きが大きくなったせいでストーキングまがいな事をして、怖がらせていたのならごめんね」

まがいじゃなくて、そのものでしょうが！

それに彼の口から出る好きの言葉はあまりにも軽々しくて信じるに値《あたい》しない。言い訳ならもっと信憑性《しんぴょうせい》のある言葉を選べなかったのか。

呆れて、ため息を吐いてしまう。

「好き、ねぇ。あなた、本当に言い訳が下手ですのね。そんな嘘でわたくしを誤魔化せるとでも？」

「酷いなぁ。本当なのに」

彼は不敵な笑みでこちらを見ているだけだ。

さて、どこまで崩せるか。

「そうですか、そんなにわたくしの事が好きなのですか。……あなた確か、悠貴さんのお友達でしたわよね」

「そうだよ」

「……なるほど。そういう事ですのね。わたくし、分かりましたわ。この事を悠貴さんに申し上げます！」

「それは困ったな」

全然困っていない余裕の笑顔で言うのが、何ともムカつきますねっ。

私は心の中でため息を一つ吐くと、意を決したように言った。

「あなたに階段から突き落とされたという事実を告げます！」

「……はっ⁉」

「何だって⁉　お前が突き落としたのか、紺谷！」

「ち、違うっ。俺じゃない！」

松宮氏の詰問《きつもん》に、彼は初めて動揺した表情になる。

うん、松宮氏、あなたは真面目に興奮してくれてありがとう。ここからが本番だから。

「悠貴さんを傷つける事になるのはとても胸が痛みますけれど、捨て置けませんわ」

「彼がそんなの信じるわけがない」

「あら、だってあなた、私の事を愛しているあまり、ストーカーなさっていたのでしょう？　だったらわたくしと悠貴さんの事はよくご存じのはずですわね？　わたくしが手に入らない事を嘆き、勢い余って突き落としたのはもう明白ですわ！　さあ、年貢の納め時です。観念なさいっ！」

私は一気に言い放って厳しい表情のまま紺谷氏をばっと指さすと、松宮氏を見た。

「この者の所業は明らかである。引っ立てぇーい！」

「お？　お、おうっ！」

私の強引な展開を呆気《あっけ》に取られながら見守っていた松宮氏は一拍遅れて我に返り、紺谷氏を取り押さえようとした。

「お、おい。何暴走してんのっ⁉　違うって！　俺はただ自分がいない間、君を見張ってくれと、悠貴に頼――」

そこまで言って彼は、はっと表情を強ばらせた。

「へえ。やはり、そうですか。あなた、やっぱり刑事には向いておられませんわね」

紺谷氏は今度こそ諦めたようにため息を吐くと、頭をがしがしと掻《か》いた。

「その言い方だと、俺が尾けていたのは分かっていたの？　最近、何度も撒《ま》かれたけど」

……それは単に方向音痴のせいで、本人も分からずにあちこち歩き回っていた結果ですね。しかし、その通りよというドヤ顔をしてみせる。本当の優華さんだったら校内で迷子になるはずがないものね。

「あなたかどうかは分かりませんでしたけど。……悠貴さんの留学当初から今までずっとだったのですね」

よく考えてみればおかしな話だったのだ。悠貴さんが留学中の時期にもかかわらず、その頃の優華さんの事をあまりにも克明に、そして今回あまりにも早く周到に情報を用意してくれたのだから。悠貴さんが優華さんに誰か人をつけて常日頃から情報を受けていたのではないかと思い立った。

何より悠貴さんが側にいない一人の時間帯にこそ、人の気配を感じていたのだ。

「ああ、悠貴が留学中の頃は特に定期的な報告していた。写真も何枚も撮ったし。――あっ！」

私は彼のパンツの後ろポケットから素早く携帯を取り出して、写真ファイルを起動させると私と松宮氏で覗き込んだ。

……うん。この場所は更衣室だね。こいつぁ、クロだ。間違いないです、デカ長。

「べ、別にわざと着替えている所を撮ろうと思った訳じゃないから。たまたまだから。と言うかそれ、まだ着替えてないでしょ」

「松宮さん、これって盗撮被害で訴えてもよろしいのかしら？」

「いいと思うぞ俺は……」

松宮氏は未だ言い訳じみた事を言う紺谷氏を呆れたように見つめる。

もっと蔑《さげす》んだ瞳で見てやってもいいのよ、松宮さん。私はそんな瞳で見ています。

「ですよね」

それでもまだ彼が余裕の表情を浮かべているのは、お家の方が揉《も》み潰してくれる自信があるからなのだろうか。

と言うか。

「この写真は悠貴さんもご存じなのですか？」

「ちょ、待って。頼む、それだけはやめてくれっ！　シャレにならない！」

なるほど、彼の地雷は悠貴さんでしたか。良いことを聞いた。

それにしても悠貴さんは腹黒だなと常日頃から思ってはいたけど、ストーカー指示までしていたとはね。いや、一歩間違えたら真性ヤンデレキャラになりうるわね、彼は。

ああ、でもそっか。どうりで初めから、中身が優華さんではないと見抜かれた訳だ。優華さんの事なら何から何まで把握していますって事ね。プライバシー侵害もいいところだ！

さあて、きゃつをどう料理してくれようかなどと頭の中で指をぽきぽき鳴らしていたら、それでどうするんだコイツと松宮氏が尋ねてくる。

ああ、悠貴さんの前に紺谷氏だったわね。

「そうですわね。盗撮だなんてご両親の顔に泥を塗る事になってしまうのは忍びないですし、訴えを無しにしても構いません。その代わり……」

私は紺谷氏の胸倉《むなぐら》を掴んで勢いよく引き寄せると、急に体勢を崩して焦っている彼の顔を近づけて耳に低く囁《ささや》いた。

「洗いざらい白状してもらいましょうか。……ねえ、紺谷さ・ま？」

紺谷氏は息を呑んで、優華ちゃんの方が落としの刑事に向いているよ……と情けない声を出した。


「なるほどね。大体分かりましたわ」

紺谷氏から概要を聞き出したが、そう目新しい情報はなかった。

ただ、優華さんが階段から落ちた時、実は彼のガールフレンドの一人に足止めされていて、すぐさま駆けつけられなかったと自供した。

肝心な時に役立たずめ。

それにしてもこの犯罪者の彼と悠貴さんとはどういう関係だろうか。

「幼なじみだよ。年齢は悠貴の方が一つ上だけど」

「わたくしと悠貴さんも幼なじみですが、あなたを紹介されたのはつい最近の事ですのよ？」

「そりゃあ、悠貴が俺に君を紹介するのを嫌がったからね」

紺谷氏は肩をすくめた。

ああ、なるほどね。悠貴さんが優華さんに惚れている以前に、この軽い男を紹介するのを嫌がったのだろう。

まあ、ともかくこれ以上、彼に聞くことは何も無い。

「分かりました。もう行って構いませんよ」

「良いのか？　悠貴は顔に似合わず、俺より一癖《ひとくせ》も二癖《ふたくせ》もあるぞ。多少は頭の回転が速いみたいだけど、所詮《しょせん》は君みたいなお嬢様、はぐらかされるに決まっている」

ついでに手も足も早いようだがなと言う松宮氏、黙らっしゃい。

私はバッグから携帯を取り出すと、操作して彼に向ける。

『お、おい。待てって！　俺はただ自分がいない間、君を見張ってくれと、悠貴に頼――』

紺谷氏がマジかよと顔を引きつらせるのを見て、私は携帯をバッグに戻しながら、にこりと笑ってみせた。

にやりじゃないよ。にこりだよ。

「この通り、先ほどお会いしてからの会話を録音済みですわ。さすがの悠貴さんも言い逃れできませんわよ」

と言うか、させるものですか。

文明の利器、万歳。これというのもトーマス・エジソン様のおかげです。サンキュー、ミスターエジソン。あなたを敬愛します。

それにしてもボイスレコーダー機能が早速役に立ったわね。ナイスだ、私！

自分で自分を褒《ほ》めてあげました。

一方、紺谷氏は大きなため息を吐いて、肩を落としている。

「はぁ……頭いてー。悠貴に何て言おう……」

「あら、勘違いなさらないで。悠貴さんにもの申すのは、このわたくしの方ですわ。ご心配なきよう」

「っ⁉　な、何て子を相手してたんだよ俺は。うわっ、こえーっ！」

失礼だな。私はこんなに心の底から笑んでいるというのに。だから、ヤバイぞ、目を合わせたら石になるぞと言って目を逸らすのはおよしなさい、松宮氏よ。

「さあ、紺谷さん。あなたにはもう用はございません、おいきなさい」

「ね、ねえ。今、行くじゃなくて、確実に逝くの意味を含ませたよね？」

怯《おび》えたようにそう尋ねる紺谷氏を早々に追い払った。

やれやれ。

「……良かったのか？　アイツ行かせて」

「構わないですわ。携帯はこの通り預かっておりますし。ああ、松宮さん。お休みのところ、今日は本当にありがとうございました」

携帯を返さなかったのかと呆れる松宮氏に私はお礼を告げた。

昨日、電話で彼に協力をお願いしたのだ。ホント、休み潰して付き合ってくれるっていい人だね。

「それはいいんだけど、さっきから話が見えない。説明しろよ。何で今になって紺谷を引っ張り出した？」

「うーん、それを話すと長くなりまして」

「いいから話せよ。それとずっと気になっていたんだ。……お前は俺の知っている瀬野優華じゃない。一体誰なんだ？」

「あら酷い。自分は誰だなんて問われたら、自我の崩壊が起こってしまいますわ」

茶化してしまおうとするが、彼の真摯《しんし》な瞳がこちらを貫き通そうとする。

私は逸らさずに見つめ返したが、今回ばかりは彼の実直そうな瞳にはさすがに勝てそうにない。

彼ならいいよね、きっと。

私は小さく笑うと、信じてもらえるかどうか分からないけれど、と切り出して彼に説明し始めた。


「つまり、瀬野優華が階段から落ちて入院し、次に目を覚ました時には木津川晴子という会社員の意識だったという事か？」

「ええ。どうですか？　こんな事を言って、信じて下さる？」

私は自己紹介を終えると、おしとやかに彼に尋ねてみた。

最初から全面的に信じてもらおうなどと欲張ってはいない。

「ああ、信じるよ」

「……へっ⁉」

だから、あっさりと頷《うなず》いた彼に思わず驚きの声が漏《も》れた。

「そんなに簡単に信じちゃっていいのっ⁉　君のその純粋さ、悪い大人に騙《だま》されやしないかとお姉さん、心配になっちゃうよ？」

「ふーん、それが本当のお前なんだな」

　彼はなるほどと口角を上げる。

「事故後、最初に会った日も正面切って見返してきただろ。思えばあの頃から、これまでの瀬野とは違うという予感はあったよ。いつもなら目を伏せたまま足早に立ち去るからな」

「あなたの事は悠貴さんから聞いていたから、私もそうするつもりだったわよ。でもあの時、腕を掴んで引き留めたのはあなたの方だったと思うけれど？」

「まあ、そうなんだけどさ。いつも瀬野からは感情が見えないんだけど、あの日はなぜか静かな苛《いら》立《だ》ちみたいなのが見えたんだよ。だから今日なら本音が聞けるんじゃないかと、無意識に引き留めてしまったんだと思う」

　あらいやだ。確かに苛ついていましたけどね。だからと言って社会人として本音を隠しきれていないのはどうなのよ、私。しかも年下相手に。

「そもそも昨日の電話のお前の言葉を聞けば、誰だって納得せざるを得ないと思うぞ」

　そう言うと彼は苦笑いをした。

「昨日……」

　私は昨日、松宮氏と電話で会話した事を思い出す。

携帯番号を聞いていた私は松宮氏に電話を掛ける。

現在の時刻、午後十時十六分。まだ眠ってはいないと思うけれど……。

すると三コールしてから彼は出た。

「松宮さん、夜分恐れ入ります。ごめんなさいね、こんな遅くに。……眠っておられませんでした?」

「いや。大丈夫だ。それより電話してくるって事は、もしかして何か進展があったのか?」

彼はあっさり否定すると、話を先に進めてきた。

確かに特に用も無く、世間話をできる間柄でもないから、何かあったのかと推測してしまうのは当然か。

「そうですわね」

進展があったというか、これから進展させると言うかね。

私が黙って考え込んでいたせいか、彼が話を切り出した。

「ああ、そう言えば、俺も談話室でのお前の話を聞いたぞ」

「あら、そうですか。どんな形でお聞きになりました?」

また悪い方向に噂されていないといいけれど。

その気持ちが電話を通しても伝わったのか、彼は笑う。

「心配するな。悪い意味じゃなかったから」

「そうですか。だったら良かったのですけど」

私はほっと息を吐いた。

あれはちょっと悪目立ちし過ぎたもんね。

「ああ。下級生が困っている所を助けたってさ。大勢の前で啖呵《たんか》を切ったらしいな」

「う、うーん」

啖呵を切ったと言うよりも、勢いのまま言っちゃっただけですが、まあ結果オーライでしょうか。

「目立つのを何よりも嫌ったお前が」

「え？」

「……本当に何かお前、変わったよな」

松宮氏は何となく疑い深そうな声でそう言った。

彼にどこまで言うべきか、今この段階では判断できない。まして相手の顔も見えない電話越しで言っていい内容でもない。

私は話の矛先《ほこさき》を変える事にした。彼の性格なら、きっとこちらの思惑に乗ってくれるだろう。

「あら、そうでしょうか？　あ、もしかして惚れ直しちゃいました？」

「最初から惚れてねーよっ！」

「でもよく、わたくしの事を見ていらっしゃるようにお見受けしたので」

「単にお前を注意しようと、話をしに行っていたからだろ」

「またまたー。照れ屋さんだこと」

「だ、誰がだよっ！」

うん、やっぱり思った通りの反応してくれる良い子だわー。悠貴さんじゃ、こうはいかないだろうから。

私はにんまり笑みを浮かべると続けて言った。

「まあ、いいでしょう。そういう事にしておきましょうか」

電話の奥で違うと言っているだろうと松宮氏がぶつぶつ呟《つぶや》いているのが耳に入る。

よし。ひとまず何とか気を逸らせる事に成功したらしい。

そこで私は話を切り替えた。

「ところで、一つお伝えしたい事がございましたの」

「何？」

「二宮悠貴さんと柏原静香さんの婚約話についてです。……これは内密にして頂きたいのですが、この婚約話はとある事情で白紙に戻っていたそうです」

これから協力を得るのだから、この間違った情報だけは正しておかなければね。

「え？　そうなのか？」

「二宮さんからも直接お話を聞きましたので、確かです」

松宮氏はふーんそうなのかと呟いた。

しかし彼は空気を読んでいるのか、それとも彼らの世界ではよくある事なのか、はたまた暗黙の了解なのか、その事情までは問い詰めて来ない。もっとも悠貴さんでもその事情は分からないと言っていたから、尋ねられたとしても答えられないのだけれど。

明日、それを聞きに行ってくれる予定になっている。そして同時に明日が今回松宮氏にお願いする事を実行する絶好の時だ。

「本題に入らせて頂きますが、本日はお願いがございまして、お電話致しました」

「お願い？」

「ええ。明日、土曜日はお休みですが、お時間ありますでしょうか。ご実家の方にご帰宅なさったりとか、お出かけしたりとか」

「いや、大丈夫だ」

「そうですか。では、少し協力して頂けたらと思うのですけれど」

「ああ。いいけど、どんな協力が必要なんだ？」

「ありがとうございます。実はですね。私の跡を尾けて欲しいんですの」

「はっ⁉」

電話からでも驚きの様子の松宮氏を容易に想像できて、おかしくなる。

「少し気になった事がございまして」

「気になった事？」

「わたくし、最近、人に尾けられている気がしているんです」

優華さんのノートにはそう書いてあったから。そしてまた、私自身も一人の時は奇妙な人の気配を感じるから。

「え⁉　……大丈夫かよ」

気遣いが込められた彼の低い声が耳に届く。

いやー、良い子だなー。

「ええ。危害を加えられたりとか、無言電話などの嫌がらせをされたりとか、そういった類いの事はございません。ですが、もしかすると今回の件と何か関係があるかと思いまして。ですから少し離れた所から私の跡を尾けて欲しいんですの」

女子寮内で感じた事はないから、おそらくその人物は男性だろう。

「ふーん。分かった」

「ありがとうございます。明日、わたくしは一人で行動します。まず図書館に行きますが、そこを出ましたらご連絡致しますわね」

図書館内まで松宮氏に付いてきてもらうと、相手に気付かれる恐れがあるもんね。ここは慎重にいかなければ。

「校舎裏に誘き出しますから、二人で挟み撃ちにしましょう」

「分かった。でも、一人で先走って無茶するなよ」

「ええ、承知致しましたわ」

なかなかの心配性だなと私は少し苦笑してそう言った。

「それでストーカー犯人の目星はついているのか？」

「おそらく。ただ誰かと明確には言い切れませんわ」

しかし少なくとも悠貴さんが頼んだ人物だろうと思う。これまでの優華さんの情報はともかく、今回私が江角奏多《えすみかなた》さんと接触した時にやけに食い下がってきたし、どことなく私の行動を知られている気がする。おそらく誰かに私を尾けさせ、経緯を聞いているのだろう。

ふっ。この私に対して、いい度胸しているじゃないの、青二才めが！　悠貴さん、覚悟なさい。あなたのそのお綺麗な――。

「化けの皮を剥《は》がしてくれるわっ！　ふははははは！」

「……俺はもうお前の事、魔王と呼ぶぞ。いいな?」

いつの間にか口に出して高笑いしていた私に対して、どん引きした松宮氏の言葉が私の耳をそっと通り抜けた。


……ああ、うん。そうでした。あれは夜の気に当てられて、ほんのちょっと感情が暴走していましたね。

私が少しだけ反省していると、それはともかくと彼は仕切り直しする。

「階段から突き落とされたっていうのは本当なのか」

「……多分ね」

「心当たりとかは……知るわけがないか」

「まあね。でも悠貴さんに聞いたりして、犯人候補を列挙しているんだけどね。正直に言えば、当初はあなたの事も候補に入れていたわ」

「え、俺っ⁉」

一瞬驚く彼だが、まあ仕方ないか、感じ悪かっただろうからなとため息を吐く。

自覚があるだけよろしい。

「ああ、でも安心して下さい。あなたはツンデレだから除外したわよ」

「何だ、その判断基準っ⁉」

目を丸くし、と言うか、何で俺がツンデレって話になっているんだよとぶつぶつ呟く松宮氏を横にしておいて、もう一つ告げる事があった。

「ああ、そうそう。悠貴さん、二宮悠貴さんの事だけど。彼は一応、優華さんの婚約者だから」

昨日の電話ではここまでは言っていなかったもんね。

「はっ⁉」

私は悠貴さんに聞いた話を彼に伝えた。

「だからいいですか？　わたくしに惚れても辛い思いをするのはあなたよ？　惚れてはいけませんよ？」

「だからっ！　惚れねーっつーの！」

もうっ、殊更《ことさら》強調しなくてもいいじゃないさー。単なる冗談じゃないの。

にこにこ笑う私に彼はふっとため息を一つ落とし、そして眉をひそめた。

「だけど、そんな事まで俺に言っていいのかよ……」

「ええ。これから彼とも顔合わせする事もあるだろうし。まあ正直、悠貴さんに相談無しはどうかとは思ったけれど、それでも君なら信頼できると私は思えたから。こう見えても……今の姿は優華さんだけど、人を見る目はあるのよ」

「っ！」

そう言って得意げな視線を向けると松宮氏は目元を紅《あか》くしてそっぽを向いた。

やばい、やっぱり可愛すぎる、どうしよう。いや、高校生相手に別にどうもしませんが。

「じゃあ、はい」

私は拳を前に突き出す。

「何？」

「拳と拳を合わせて友情を示す挨拶《あいさつ》ですよ。男の子がよくやっているでしょ」

「……お前は男前だ男前だと思っていたが、やっぱり中身は男だったのか」

愕然《がくぜん》と目を見開くのはおやめなさい。

「誰がよっ！　だったら、私の話し方、おネエじゃん。言っておくけど、私はおネエじゃなくて、お姉様の方だからねっ！　お姉様とお呼びっ！」

「いやいや、それはもはや女王様キャラになっているから。と言うか、お姉様かどうかは見てみないと判断できない」

……見る？

私は思わず彼をまじまじと見つめてしまう。

私は自分が何者か分からない。自分が何をしてどこに住んでいるかも分からない。そんな私、木津川晴子を彼が見る機会が果たしてくるのだろうか。

――いつか。

「いつかね。いつか……会えるといいね。……って。やーだっ！　恥ずかしいっ。乙女かっ！　この歳で乙女かっ！」

あー恥ずかしいと言いながら、バシバシ松宮氏の肩を叩くと彼は顔をしかめて、俺はぜってーお前をお姉様などとは認めないと呟いた。

夕方になって悠貴さんから連絡が入った。その時、優華さんのお祖母様《ばあ》が電話を代わってくれとの事で少しお話しする。

電話を通しても感じるオーラに圧倒されながらも、私は元気ですと告げましたさ。ああ、息苦しかった。

悠貴さんに、何でお祖母様に電話を代わるのよと抗議したら、彼は笑ってごめんねと言った。もうすぐ帰るからとも。

ええ、ええ、もちろん精一杯おもてなしのお出迎えを致しますわね。

そして帰宅時刻になり、校門前まで迎えに出た私に嬉しそうに笑って悠貴さんは近づいてくる。

「お出迎えありがとう。ただいま」

「お帰りなさいませ、悠貴様。この優華、それはもう一日千秋《いちじつせんしゅう》の思いで、首をながぁくしてお待ち申しあげておりましたのよぉ?」

小首を傾《かし》げ、少女漫画ばりのきらっきらの笑みで迎えてさしあげたのに、微笑んでいた表情を一瞬にして硬直させてすぐさま回れ右しようとした彼の肩に手を置くと、あらどちらに行かれますのと、ぐぐぐっと指を食い込ませたのだった。

3．少しずつでも流れが変われば

夕食まで、人気のない談話室に悠貴さんを連れ込むと、反省させるべく正座させてこんこんと問い詰めた。

なぜ優華さんを見張るようになったかについては、自分が留学中に優華に変な虫がつくんじゃないかと思ったからと答え、じゃあ、戻って来てからはと言うと、優華が学校では一切接触してこなかったからと言う。じゃあ今はと言うと、私が突き落とされたと言うから心配で、と答える。

うん、そうか、そうか。

「言い訳スンナーっ！」

理不尽だなぁ、理由を聞いたから答えたのにと、ぶつぶつ呟いているけれど知らない。私は怒っているんだぞ。誰が常日頃から尾行されて嬉しいものか。

私は人差し指で悠貴さんの顎《あご》をついと持ち上げた。

「人の心に土足で踏み込むのは許されない事だと言ったよね？　私、言ったよね？」

「……ハイ、でも。心配――」

「反省の色が見えないっ！」

ぴしりとそう言って、悠貴さんの両方のこめかみに拳を当てるとぐりぐりローリングの刑を執行する。

「ちったぁ、反省しろい！　人道を外れたこの学園一の悪代官め！　優華さんを傷つけるヤンデレになったら絶対許さんぞっ！」

「い、痛いですっ痛い！　ごめんなさい。もう絶対しません、なりませんっ！」

もう、まるで子供みたい……。いや違う。彼は子供なんだ。

私はため息を吐いて手を離すと、彼は痛そうに眉をひそめ、こめかみを優しくマッサージした。

「優華さんが自分の噂を集めているノートが出てきたのよ。そこに書かれていたわ。最近誰かに見張られているみたいで怖いって。これ、十中八九、優華さんを尾け回していた紺谷敬司君の事でしょ」

「……そうだったんだ。それは悪いことしてしまった」

さすがに悠貴さんは反省したようだ。

「悪いことをしてしまった、では済まないわよ。学園内で自分の悪評判に悩んでいる中、相談する友達もおらず、優華さんは一人怯えてきたのよ」

「だよね……。優華、僕のせいだったと知ったら怒るかな」

「そうね。私の心が今キンキンに冷えているのは優華さんの気持ちを反映しているからかもね。まあ、私も怒っているんだけどね」

私は怒りで沸騰しているのに、心は零下《れいか》だから、余程優華さんは冷たく怒っていると見える。覚悟しておくがいいよ、悠貴さん。

「……さすがに心から悪いと思っている。ごめんね」

「ごめんで済めば警察はいらないわ――と言いたいところだけど、話が進まないし、何よりも私は懐《ふところ》が海よりも広い大人な女だから許してあげる」

だから懐が広い時ってあったかなと首を傾げるのはお止めなさいな。空気を読むのよ、場の空気をさ。あなたの場合特に、口を開けば災いしか生まないのだから。

ちなみに許すのは私が受けたストーカー分であって、優華さんの分は知らないからね。それに悠貴さんの事を余程知っている優華さんの方がより効果的に処罰を下すだろうからと言ってあげないところがちょっと大人げないかな。まあ、いいや。

あと、紺谷氏の処分は悠貴さんにお任せしてもいいけれど、それではあまりにも話が簡単に終わってしまう。彼には優華さんが味わった恐怖を同じく、ゆっくりじっくり味わってもらう事にしよう。

そう思って、悠貴さんには紺谷氏の携帯を見せないでおく事に決めた。

「それにしてもせっかく彼を配備してても肝心な時にいないようじゃ、意味なかったわね」

「……まあ、彼もプロじゃないから。責められないんだけど」

うん、そうね。悠貴さんが知らないであろう盗撮写真以外はね。

「結局、優華さんが苛めの主犯ではないって事は最初から分かっていたの？」

「そこまでは分からなかった。彼では入る事ができない場所もあるから」

ああ、そうでした。女子トイレには入れませんわね。実際、君島薫子様が有村さんに詰め寄っていたのは校舎裏じゃなくて女子トイレだったたし。

「それで？　もう本当にこれ以上、隠し事はないでしょうね？」

「うん。これで全部」

本当は言おうとしていたんだよ、ただ体裁が悪いから言い出せなかったと彼は眉を下げた。

自覚しているならするなと言いたいところだが。愛は過ぎれば相手を傷つけるものだとさすがに気付いただろう。

私はため息を吐く。

もうこれ以上無いなら、とりあえずはそれでいい。

「分かった。じゃあ、この話はここまでにして。どうだったの、柏原さんの方は」

「ああ、それがね……」

彼が語るその内容に今度は私が眉を下げるしか他なかった。

❖　❖　❖　❖

本日は日曜日の午後三時、晴天です。

そして現在、学園内のカフェでお茶しながら、土曜日までにあったことを早紀子さんに報告中である。

休みでも施設は開放されているのでカフェは営業しているらしいが、さすがに今日は人がぽつりぽつりと見えるだけだ。

「へえっ！　そんな事があったのね。私も見たかったわー。次は絶対私も呼んでよねっ」

まあ、早紀子さんは勤務中でしたからね。それにあんまりお披露目する姿でもなかったわけですけどね。と言うか、呼んだらそれはそれで小説のネタにされそうだ。

私は微妙な笑みを返した。

「あ、今日はお休みなのに、こちらまで出向いてくれてありがとう」

「いいのいいの。私もずっと気になっていたし、何より近くだから」

早紀子さんは今、学園の近くに部屋を借りて住んでいるそうだ。何でも少しでも通勤時間を減らし、小説を書くことに没頭したいかららしい。なるほど。

そして今日は休みだけれど、私が前日までに外出届を出していなかったのでわざわざ学園まで出向いてきてくれた。

……いや、わざわざって言うか。テーブルに置かれたメモ帳を見ると、さては何かネタになるかもと思って出向いてきましたね？　まあ、いいですけど。

「だけど二宮君には困ったものね。意外と束縛の強い子だったのね」

早紀子さんは少し苦笑してみせた。

「そうでしょう！　正座させた上に、このワタクシの黄金の拳をお見舞いしてちゃんと反省させてやりましたわ」

私は右手で拳を作り、左手にぱしりとパンチする。

「ええーっ⁉　本当にっ⁉　拳骨《げんこつ》落としたの⁉」

「冗談よ。そんなわけないですし……」

「あら、そうなの？　晴子さんならあり得るかと思ってしまったわ」

早紀子さんはくすくす笑っている。

彼女の中で私は一体どういう評価を受けているのでしょうかね……。それはともかく。

「ああ、そうだ。それとね。松宮千豊さんってご存じ？」

「松宮財閥のご令息の事かしら？　ええ、お名前だけは」

「うん、そう。昨日も現場に居合わせてくれたんだけど、彼も私の事情を知って協力してくれているの。これからもしかしたら顔合わせする事もあるかもしれないから、一応伝えておこうと思って」

「そう、分かったわ」

早紀子さんは頷いた。

「ああ、そうだわ。一つ聞こうと思っていたんだけど、優華さんとの出会いってどんな感じだったの？　優華さんが図書館に通っていたという事までは聞いているけれど」

「ああ。実はね、私がライトノベルを持って廊下を歩いていた時」

「何となっ⁉　学園内で⁉　持ち歩いて⁉　その顔で⁉」

勇者じゃ！　ここに勇者がおるぞーいっ！

心の中の村人たちを前に私は声高らかに叫ぶ。

「あの……何やら妄想しているようだけど、いいかしら。それにその顔って何よ」

「あ、いや。言葉のあやよ。早紀子さんは生徒や先生間で、クールビューティーで通っているから、高尚な純文学的な本、もしくは経済学でも読んでいるようなイメージがあるし」

早紀子さんは人の勝手なイメージなんてうんざりだわと、ふんと鼻を鳴らした。

人の目が気にならない早紀子さんって、意外や意外。強《したた》かなんだな。もしかしたらそれは自分に自信があるからなのかもしれない。

「それでね。話を戻すけど、廊下を歩いている時に手が滑って落としちゃったのよ」

「ちょっとごめんね。一応聞くけど、本にカバーしてなかったの？」

「ええ、そうなの」

「勇者じゃ！　ここに勇者がおるぞーいっ！　私は再び心の村人たちを前――」

「晴子さん、声に出ているから！　ご令嬢、ご令嬢。あなたは今、名家のご令嬢よ！」

「はっ」

し、失礼致しました。

私は慌てて両手で口を塞ぎ、きょろきょろと辺りを見回した。

うん、こちらに注目している人物はいない。

「それで話を戻すけど、その時にね、優華さんが通りかかったの」

ふむふむ。

「あちゃーと思ったんだけど、それを見た優華さんの頬が赤くなってね、最新刊がもう出ていたのですわねと呟いたの。それでピンと来たわ」

早紀子さんはキラリと眼鏡《めがね》を光らせた。

「ブラザーだとね」

「うん、普通にシスターなんですけどね」

「いいじゃない。ノリよノリ。シスターじゃ、何だか締まらないわ。まあ、それはいいとして、そこですぐに私の読者にスカウトしたってわけ」

「へぇ」

「優華さんは驚いて戸惑った笑みを浮かべたけれど、すぐにこくんと頷いてくれたわ」

可愛かったと早紀子さんは笑った。

「そっか。きっと優華さんも嬉しかったでしょうね。お友達もあまりいなかったようだから。きっと早紀子さんの読者になりうる情報を集める事で、間接的にでも人と繋がりたかったんだと思う」

「そうね。彼女にとって私がどんな存在だったかは分からないけれども、私は彼女と意見交換することをとても楽しんでいたわ」

「うん。優華さんもきっとそうだと思う」

優華さんがあの広くて寂しい部屋に一人でいる時も、早紀子さんの物語に没頭し、次はどんな会話をしようかと考えている時はきっと幸せだったはず。

「……それにしても」

「ん？」

早紀子さんは私をじっと見つめると、にこにこ笑う。

「なあに？」

「ん？　ううん、あのね。晴子さん、幸せそうな顔して食べるなぁと思って」

「えっ？　そう？」

私はいつの間にか半分以上減っていた手元のチョコレートパフェに視線を落とす。

うん、最高級に美味《おい》しくて幸せの絶頂ですけど、そんなに顔に出ていましたか。お恥ずかしい。

一方、早紀子さんは紅茶とフィナンシェを召し上がっている。

さすが、がっつりパフェを食している私と違って何だか優雅ですね……。今日は人目が少なくて良かった。

「甘い物好きなのね」

「それはそうみたい。だって学園潜入当初も料理の味は緊張して全く分からなかったけど、デザートだけは美味しく頂いたから」

「そうなのね。そういえば、甘い物は脳をリラックスさせる効果があるらしいわね。だからヨーロッパのホテルでは気持ちよく睡眠を促すために、ベッドサイドにチョコレートを置いてあるんですって」

「へえ、そうなんだ！　さすが私が愛しただけあるわ。最強です」

「スイーツを褒めているのか、自分を褒めているのか、分からない発言ね……」

早紀子さんは少し呆れた表情を浮かべたが、ふっと真剣な表情になる。

「それで、ご自分の事だけど……まだ何も？」

「ん……」

私は完食し終わるとスプーンをお皿に置いて、一つため息を吐いた。

「所々、戻っている記憶もあるけど、まだほとんどね。今現在経験している事が私の過去の出来事とリンクして、学生時代の事を思い出すことがあるよう気はするかな」

「なるほどね。過去と似通った出来事があれば思い出す切っ掛けになっているということなのね。でも社会人の頃の経験をできる機会は今のところなさそうね」

「そうなのよね……」

少なくとも今、学生生活を送って、社会人の時の事を思い出してはいない……と思う。うーん。

「あ、ねえ。恋バナとかはどう⁉　彼氏とか思い出さない？」

「はは……それね」

思わず空笑いしてしまう。

「ふとしたことで完全フリーだった事を思い出して、学園初日にむしろぽちっと記憶削除してみせたわよ。って、また思い出してしまった……」

とりあえず、頭の中で再び削除ボタンを連打してみた。

「あら、ごめんなさい」

「ははは……。まあ、いいんだけどねー」

乾いた笑いをする私に対して、早紀子さんは眉を下げた。

「記憶がないのは……不安じゃない？」

もちろん不安が無いわけじゃない。むしろ時折、湧き起こる感情にひやりと心が冷たくなって、自分とはどういう人間だったのだろうと不安になる瞬間がある。だから思い出したいと思う。

けれど反面、もしかしたら思い出せないのは思い出さない方がいいからではないのかと、そんな風に思うこともある。

だからと言って、もちろんずっとこのままでいいとも思わないのだけれど。

私が何も答えずにいると早紀子さんは不安に決まっているわよね、ごめんなさいと頭を下げてくれた。

私は笑って首を振る。

「ただね、今は優華さんの事で忙しくしているから気が紛れているとは思うわ」

「そうね。私ももっと動けるといいんだけど……」

悔しそうにそう言う早紀子さんに笑みを見せる。

「こうして話せるだけでも頭が整理されるし、何より教室で話せる友人がいないから、話を聞いてもらえるだけでもありがたいのよ」

「そう？　少しはお役に立てているかしら」

「うんうん。ありがとう」

私がそう言うと早紀子さんは嬉しそうに微笑んだ。

「じゃあ、また何か進展したら伝えるわね」

「ええ、分かったわ。……でも。無茶だけはしないでね」

「大丈夫よ。心配しないで。私が無謀な事をするタイプに見える？」

胸を張って言う私に、正直見えるわねと彼女は苦笑したのだった。


早紀子さんと別れたその後は特に何事もなく平穏無事に過ごした。

そして夜、部屋にて机の上にノートを開き、改めて考えてみる。

結局の所、紺谷氏は悠貴さんの指示で動いていただけで優華さんに固執するストーカーではなかったのね。彼らがやった事は腹立たしいが、優華さんの不安が一つ解消されて良かったと思うしかないか。

あの紺谷氏の様子じゃ、悠貴さんに頭が上がらないみたいだし、私も悠貴さんをシメたし、今後は優華さんの身辺を尾け回す事はないだろう。

私は優華さんのストーカーに関する記述の横に解決済みと書き込んだ。

とは言え、これ一つ解決しても、優華さんを階段から突き落とした人物に繋がる手掛かりにはならない。

こんな時、推理小説の主人公なら閃《ひらめ》いたり、ご都合主義で手掛かりに繋がったりするんだけどなぁ。やっぱり現実はこんなものだよね。

私は椅子から立ち上がり、ベッドへと近寄ると身を投げ出す。そして両腕を枕にすると天井を意味もなく見つめる。

優華さんを階段から突き落とすほど恨みを持つ人間か……。

優華さん自身の事を考えれば、彼女が誰かに何かをした形跡は無い。むしろ人を避けていた印象がある。となると、優華さんも知らない内に何かしらの誤解が生じて、恨まれている可能性が高いだろう。

しかし勘違いだけで突き落とすのは、動機として弱い気もするかな。

うーん。犯人像がまるで掴めなくて頭が痛い。だけど明日また一つ行動するから、今日の所はとりあえずゆっくり眠る事にしよう。

お休みなさい。

誰もいない部屋でそう呟くと私は目を閉じた。

❈ ❈ ❈ ❈

優華さんになってから早一週間。

自分なりに気も遣っていたのだろう。張っていた気が緩《ゆる》んだように夜は考えを放棄してそのまま眠ってしまったが、これで充電できたような気がする。

さあ、今日はまた月曜日。気合い入れて行こう。


朝の食事の場でも気がついた。土曜日にも感じた事ではあるけれど、注目されるのは相変わらずだったとはいえ、自分への視線が随分和らいだ気がする。

有村さんを囲う男性陣もこちらに気付くと臨戦態勢を取らず、どこかきまりが悪そうな表情で足早に去って行く。

……うん？　何なんでしょうか。まあ、ケンカしたい訳じゃないし、少しは反省してくれているなら嬉しいのですが。

さらに有村さんと沢口結衣《さわぐちゆい》さんが笑顔で朝の挨拶に来てくれた事で、一瞬だけ場が騒然となったかと思うと、すぐに柔らかな雰囲気に変わるのを感じた。

なるほど、彼女たちが尽力《じんりょく》してくれたのかもしれない。

「ありがとう、お二人とも。今日はとても周りの雰囲気が柔らかいの。あなた方のおかげですわね。皆さん方に伝えて下さったのでしょう？」

そう言うと、きょとんとしていた二人は、ああ違いますよと笑った。

沢口さんが言う。

「自分たちが口にする前に、あの場にいた人たちが瀬野先輩の事を人に話したようです。当事者の自分たちも皆に話を聞かれて、一躍時の人になっちゃいましたよ！」

きらきら瞳を輝かせる沢口さんに補足するように有村さんは言った。

「私たちはただ事実だけを述べました。だからもし皆さんが好意的な気持ちになられたのだとしたら、瀬野先輩の人柄をそのまま受け止めて下さった結果だと思います。それに以前、瀬野先輩が廊下で女子生徒を庇《かば》われた事も今、徐々に広がっているみたいなんです。彼女も庇ってもらったのに逃げてしまって申し訳なかったと言っていました」

ああ、彼女か……。そんな風に思ってくれていたんだ。それに有村さんはさすがに聡明《そうめい》だ。下手に言葉を大きくすれば、かえって重みがなくなってしまうものね。

「そうそう！　私も聞きましたっ。女子生徒に絡む勘違い男をエイヤって華麗にやっつけて助けたそうですねっ！」

沢口さんは相手を倒すように両腕を大きく動かしながら言った。

「私も見たかったー」

再びきらきらした瞳になる沢口さん。

え、えいや!?　か、華麗!?

「い、いいえ。沢口さんのそれは話が大きく膨らんでいるだけですわよ。でも……そう、そうなのかしら。少しでもそう思ってもらえたなら本当に嬉しいわ。ありがとう」

思わず笑顔になって喜んでいると、さらに場がどよめいた気がした。

あ、もしかして今の雰囲気って、私、優華さんが笑ったからかしら。

わたくしの笑顔がそんなに珍しいのかしらとコソコソ問えば、有村さんと沢口さんは顔を見合わせて笑った。その通りですねと。

よし、笑顔で好感度が高まるなら、笑顔の安売りをしますわ。

見て見てーと作り笑顔を浮かべてみると、その笑顔は怖いですよとおよそ怖がっていない様子で笑われた。

うん、笑顔っていいね。空気が和やかになるのを感じた私は優華さんも同じ気持ちを共有してくれているといいなと思った。


「まぁ、紺谷さまぁ。おはようございますぅ」

学校の廊下で彼の姿を目にした時、私はすかさず近づいて行くと、悠貴さん曰《いわ》く魔性の甘い笑みを浮かべて朝の挨拶をした。

今更手遅れかもしれないが、三メートル離れて歩かせていた悠貴さんもそんな私の後を追って、紺谷氏に近付くと挨拶する。

「……おはよう、敬司。後で話があるけどいいよね?」

「お、おはよう、優華ちゃん……悠貴」

顔を強ばらせて無理に笑顔を返す紺谷氏だったが、何やら悠貴さんとコソコソ話し始めた。

耳を澄ませてみると悠貴さんが、携帯がどうだとか言っている。

ああ、それね。紺谷氏と連絡が取れなくて当然です。だってこちらで彼の携帯をお預かりしていますのよ、悠貴さん。

私は紺谷氏に小さく手を振ると、悠貴さんに見えないように学生鞄からこっそり彼の携帯を見せた。

優華さんへのストーカーの報復として真綿で首を絞めるように、じわじわ精神を削っていく作戦にしたのだ。

彼がぎくりと表情を変えて、あ、ごめん、今朝は当番あるからと慌てて逃げ出す様子に満足する。

ふーんだ。少しは優華さんの気持ちを思い知ったか！

悠貴さんは、急にこの場から逃げ出した紺谷氏に何事かと眉をひそめている。

これからしばらくこういう状況が続くと思いますわよ、悠貴さん。

私は小さく笑みを浮かべた。

でもまあ、私ってば、我ながら性格悪いわね。しばらくこのネタで紺谷氏をいたぶった後、頃合いを見計らって許してやりましょうか。

そう考えていると、前を歩いていた君島薫子様の取り巻きの一人、みなみさんと目が合った。が、彼女はいつものごとく顔を強ばらせると、素早く目を伏せて前の君島さんを追う。

……あらら、やっぱり今の私も人を怯えさせるような不敵な笑みを浮かべていただろうか。

いかんいかんと自分の頬をプニプニ引っ張った。

すると。

「……お前って怖いよな」

呆れた様子の松宮氏が背後から現れた。

「あら。おはようございます、松宮さん」

「おう、おはよう。……二宮も」

松宮氏は私の横に並ぶと、ちらっと悠貴さんの方にも視線をやった。

悠貴さんはこれまであまり彼と会話を交わしたことがなかったのか、一瞬だけ戸惑った表情を浮かべたものの、すぐにそつのない笑みを浮かべた。

「あ、ああ、うん。おはよう、松宮君」

私は松宮氏に視線を戻し、そして先ほどの発言に反論する。

「松宮さん、あなたは勘違いなさっているわ。わたくしが怖いのではなくて、女性とは元々恐ろしいものなのですよ。あなたも女性を怒らせないように気を付けて下さいね」

そう言って微笑むと松宮氏は顔色を変えて、ヤメロその表情こっちに見せんなと、すぐさま目を逸らしてあっと言う間に立ち去った。

だからメドューサか、私は。

やれやれと苦笑しながら教室に足を踏み入れると、ざわめいていた教室が静かになる。

こちらは相変わらずの日常だ。いつもの事とは言え、やはりやりきれないなぁと心の中でこっそりため息を吐いた。

でも、たとえ誰にも返してもらえなくても、朝の挨拶だけは欠かさないぞ。

そう思って口を開こうとすると、いつもこちらから見ると私の視線から逃げるようにしていた生徒たちとばちりと目が合った。

珍しいこともあるものだと思って一瞬気を取られていたら、彼女たちは互いの顔を見合わせると頷いてこちらに再び向き直る。そして思い切ったように言った。

「お、おはようっ、せ、瀬野さん」

私は嬉しさで笑顔がこぼれて、おはようと元気よく返すと教室はざわめき、彼女たちは少し誇らしげに頬を紅く染めながら笑みを返してくれた。


午後からのかったるい授業も終わり、生徒たちは各々部活へとその足を運び出した。

生き生きとした生徒たちを見ていると、ああ若いっていいやねぇと大人目線で見てしまう自分がいる。

言っておくけど社会に出たら笑ってばかりいられないんだからな、せいぜい束の間の青春を謳歌《おうか》しているがいいさなどと、アクマ的思考はこれっぽっちも浮かんでは来ていませんよ大丈夫デース。

そんな風に若干斜め的思考をしながら、ぼんやり眺めている私に悠貴さんは声を掛ける。

「じゃあ、僕行ってくるから」

「あ、うん。了解です」

「一人で無茶しないでね」

「大丈夫」

君の大丈夫は信用ならないんだけどなぁとため息を吐きながらも教室を出て行った。

松宮氏にも早紀子さんにも同じようなことを言われた気がするけど、なぜなのよ。私はそんなに無謀な人間に見られているのか。解せぬ。

……まあ。それは置いて。それでは私は芸術鑑賞といきましょうか。

私は美術室へと足を向けた。

美術室を廊下から覗いていると、生徒たちがキャンバスに向かって没頭しているのが見えた。

美術室も作品の種類ごとによって複数の教室があるらしいが、ここはキャンバスが並べられているところを見ると絵画専用の部屋のようだ。

教室の中心にはポーズを取ったイケメンモデルがいる。何で男なんだよと不服そうに愚痴《ぐち》を吐いている男子生徒もちらほら。

うむ、正直でよろしい。

さらに見渡してみると、その中に有村さんと沢口さんの姿も見える。沢口さんも美術部だったのかと思っていたら、すっかり手を止めてモデルを熱心に見つめてはふむふむ頷いている。

目的はそっちですか？

ほとんど彼女の事は知らないけれど、何となく沢口さんらしく感じて小さく笑ってしまった。

すると背後から声がかかる。

「瀬野先輩。来て下さったんですね」

振り返ると佐々木君が相変わらず、ぽやんと和《なご》むような雰囲気で立っていた。

「こんにちは。お言葉に甘えて来てしまいましたわ」

「嬉しいです。よろしければどうぞ中へ。ご案内します」

「ありがとうございます。でも今日は有村さんたちの姿を見に伺っただけなのです。有村さん、熱心に作品づくりなさっているのね」

私は有村さんの話を振ってみた。

有村さんは彼のことが好きらしいが、彼はどう出るだろう。

「はい。雪菜ちゃんの作品をご覧になりました？　こちらまで元気になるような勢いのある作品なんですよ。僕、とても好きなんです」

それは彼女があなたに負けじとパワーを込めて描いて来たからでしょうね。それにしても本当に素直に自分の気持ちを告げる子だな。見ていて気持ちがいい。

「そうね。作品にはその人柄が表れますものね。そう、あなたは有村さんがとてもお好きなのね」

「はい！　……って、えっ!?」

佐々木君は目を丸くすると、一瞬の内に頬を上気させた。

鎌を掛けたつもりはなかったが、彼は第一印象通り素直に反応してくれた。

「前回、拝見した少女の絵は有村さんですわよね？　わたくし、絵の事はよく分かりませんが、ただあの絵からは愛《いと》おしさが感じられましたわ」

「え、ちょ、それ、何で、そのっ」

頭を抱えるように顔半分隠して照れる彼はとても可愛くて役得です。あ、有村さんに悪いわね。

しかし、おっとり系の照れオロオロは萌える－。

「あら、違いました？」

「い、いえ。ち、違わない、んですけど。……ま、参ったな。でも雪菜ちゃんは気付かないみたいで。しっかりしているように見えて鈍感だから」

鈍感呼ばわりされているぞ有村さん！　ツンデレってる場合じゃないしっ。

お節介したいところだけど、高校生のじれじれキュンキュン恋物語に手出しは無粋《ぶすい》だろう。ここは我慢我慢。

「まあ、そうなの。人は見かけによらないものですわねぇ。わたくし、佐々木さんを応援致しますわね！」

「ははっ、ありがとうございます」

「……あの。それで有村さんが複数の男性に囲まれて困っているのはご存じ？」

彼はええ、と言って表情を曇らせた。

「できるだけ僕の側にいるといいよと言ったのですが、『何言っているの、恋人でもなんでもないんだからね』と断られてしまいました」

えー……。だから有村さん、ツンデレってる場合じゃないってば。

佐々木君がやっぱり僕の言い方が悪かったのかなぁ、でも無理強いできないしと眉を下げていると、有村さんがひょこっと顔を出した。

「わっ、雪菜ちゃん⁉　いつからそこに……」

何だか、いつか見た光景ね。前の場合は彼がひょいと現れたんだけど。似た者夫婦って感じ。や、夫婦ではないけど。お似合いです。

「いつって、今だけど。声が聞こえたから」

なあに、私がいたら何か都合悪いことでもあるのとでも言いたげな有村さん。分かりやすすぎですよ。

「ごきげんよう。有村さんの絵を描いている姿をこっそり拝見しておりましたのよ」

「あ、先輩、こんにちは」

私に気付くと彼女は少し恥ずかしそうに笑った。

「それと有村さんの絵がとても素敵だと力説して頂いておりましたの」

「えっ」

有村さんは佐々木君を見上げると、彼は少し困ったように笑う。

「そ、そんな風に褒めても、何も出ないんだからねっ。で、でも……あ、ありがとう、ね」

はにかむように笑う有村さんに、佐々木君はうんと純朴そうに笑った。

彼女の前だと佐々木君、冷静ですね。彼女のツンデレが微笑ましくて冷静に対応できるのかしら。これだと有村さんが佐々木君の気持ちに気付かないのも仕方ない気もするわ。どうしたものか。

……ああ、一度こっそり沢口さんに相談してみてもいいかもね。とりあえず今日は他に用事もあるし、これで退散しましょうか。

「ではお邪魔虫みたいですので、わたくしはそろそろお暇《いとま》させて頂きますわ」

「え！　お、お邪魔虫ってそんな私たち……。そ、それに先輩、せっかく足を運んで頂いたのですから、作品をご覧になって行きませんか？」

「ありがとうございます。でも実はもう一件、別の芸術鑑賞に訪れる予定がございますので、またの機会にさせて頂きますわね」

「別の芸術鑑賞？」

きょとんとする有村さんに私は微笑んだ。

「ええ。……音楽鑑賞ですわ」

4．ヒロインはヒーローに助けられてこそ華ひらく

私は校舎外に出て、庭を散策する。

今日も今日とて運動部員はこの青空の下、駆け回っている。そのすぐ側には女性マネージャーがあくせくと動いているのが見えた。

学生時代と言えば、運動部のマネージャーに憧れたものだが、意外とハードなものらしい。大量の洗濯物は重いし、手はガザガザになるし、破れたユニフォームを繕《つくろ》わなきゃいけないし、スポーツドリンクは作らなきゃいけない。陸上部員並みに走り回っていたとか。そして優遇されるのはやっぱり美少女に限るって、友人は言っていたなぁ。

努力なんて報われない。力がある者、容姿がいい人、天賦《てんぷ》の才能、それだけで自分の努力の全てを上回るんだって泣いていたっけ。

世の中は学生時代から、いや、生まれた瞬間から不平等で成り立っているものだ。そしてそれに抗《あらが》える人はきっと多くはないのだろう。

そんな風に考えを巡らせていると、ふと気付いた。徐々に記憶を取り戻している自分に。そう遠

くない未来に自分自身を取り戻すだろう。その時私は……。

思いを振り払うように、私は足を進めた。


前回同様、美しい音色に誘われるかのように庭を進むと、音楽室の窓際に辿り着いた。

考えてみれば音楽室はせっかく防音仕様なのに、彼は窓を開けていていいのだろうか。防音効果が高くて音の調整ができなくなるのかな。あるいは優華さんが聴きに来るために開けていたのだろうか。

私は窓の下に座り込みながら、そんな事を考えた。

しかし、思考をひととき止めると、バイオリンの音色を素直に楽しむ事にした。

美しい旋律は世の中の煩《わずら》わしい騒音を消し去って、別世界に連れて行ってくれるようだ。音楽には精神を落ち着かせて、心を癒す効果があるという。

優華さんは何度もこの場でそれを味わっていたのだろう。

ふと、切り良く音が途切れたかと思うと、上から声が降ってきた。

「瀬野先輩。来て下さったんですね」

江角氏が窓から顔を出していた。

さすが音楽家。耳が良いのだろう。もしかすると私がここに来て、すぐ気付いていたのかもしれない。

私は立ち上がるとスカートを払う。

「素晴らしい演奏でしたわ。ありがとうございます。ところで少し……お話があるのですけれど」

「いいですよ。休憩しようと思っていたところですから。教室にお入りになりますか？」

彼はあっさりと頷き、教室へと招待してくれる。

私は彼の招待を素直に受けた。

「ええ、できれば。お邪魔してもよろしいかしら」

「はい、もちろん。喜んでご招待します」

彼はにっこり笑って窓から両手を差し伸べるも、私は顔を引きつらせた。

……ここから入れと申すのか。いやいや、窓から入るのはいくら私でもちょっとね。

「さ、さすがに低い窓とは言え、ここからは入りませんわ。入り口の方に回らせて頂きます」

「あ、それもそうでしたね。じゃあ、お待ちしています」

照れたように江角氏は笑った。


音楽室の扉を前に私は胸のブローチを直して、一つ大きく息を吐く。そしてコンコンと扉を叩くと、すぐに扉が開かれた。

「どうぞお入り下さい」

「ありがとうございます」

レディーファーストごとく、扉を押さえてくれていたのはありがたいです。だけど直後の扉を閉めてカチャリと鍵がかかる音が頂けない。しかもさっきまで開かれていた窓も閉めているし！　しかもカーテンもご丁寧に引かれているしっ！　別に逢い引きにきた訳じゃないんですけどっ。

この季節なのに、ちょっと背筋が寒い……。

「この部屋に入られるのは初めてですね」

「そ、そうね」

にっこり可愛い笑みでそう言う江角氏に、私は部屋をざっと見渡してみた。

悠貴さんがここは彼だけの教室だと言っていたわね。

壁際にはひと一人余裕で横になれそうな豪華なソファーが添えられている。中央には譜面が立てられ、その横の机にはケースに入れられたバイオリンと無造作に置かれた弓があった。

も、もしや何億円もすると言うストラ何とかというやつでしょうか。見てもその価値など分からないけど。それに興味はあるが、壊した時の弁償がいかほどになるのか考えると恐ろしい。

……うん、私はやっぱり庶民で間違いがない。小市民、危うきに近寄らずと本能が警鐘を鳴らしているのだから。

私はバイオリンからさりげなく遠ざかった。

しかし、内心びくびくしている私を見抜いたかのように江角氏が言った。

「大丈夫ですよ。それは練習用だから。せいぜい数百万円ですし」

せ、せいぜいですとっ⁉　あなたにとってはせいぜいのレベルでも、こちとらただの平社員には大ダメージだーいっ！

庶民である自分の動揺を隠すように、無理に笑みを作った。

「そ、そうですか。それでも楽器は大事にしないと駄目ですわよ。あなたの練習に付き合ってくれる良きパートナーなのですから」

江角氏は意外そうな瞳をこちらに向けるが、素直に頷いた。

「そうですね……。ああ、すみません。お話でしたね。立ち話もなんですから、ソファーへどうぞ」

そう言って促されますが、もしこの状況下でのんきに座ってお話しする人がいるなら、それは危機管理が足りないと思いますよ。

「いえ。お気遣いなく。すぐにお暇致しますので」

「……そう。それで何でしょうか？」

可愛い笑みのはずが今は何故かとっても色っぽくて怖いです。ああ、考えていた以上にまずい。

これは万が一のために退路を確保しなければ。

「ええ、っとそうね。その前に暑くはございませんか？　窓を開けてもよろしいかしら」

私は内心焦りながら足早に窓に近づくと、カーテンに手を掛けた。

その瞬間、その手を包み込まれたかと思うと、もう片方の手でドンと窓に腕をついて私を囲う。

ぎゃあぁ！

こ、これはもしや、少女漫画的な正統派壁ドンっ⁉　いやいや、そうじゃないでしょっ。退路を自ら断つとは私は愚か者の大馬鹿者です。誰か私を罵《ののし》ってやって下さーい。

「先輩。……焦《じ》らさないで」

耳に低く囁かれる声に肌が粟立《あわだ》つ。

やばいでしょう、この色気は。最近の高校生はけしからんです！

「え、江角さん？　ち、近いわ？」

彼を見上げて、押し返そうとするも彼は力を抜く気配はなく、逃げ腰の私に気付いたのか、むしろもう片方の腕を取られた。

まずい。力では負ける。

線の細い男性だと思ったが、さすがに体格差だけでも押さえ込まれて動けなくなる。

ただし、甘い気持ちにこれっぽっちにもなれないのは、こちらを見つめる彼の瞳があまりにも冷たいからだろう。とても惚れた女に向ける瞳ではない。

……などと冷静に分析している場合じゃなーいっ！

「れ、冷静に行きましょう、冷静に。江角さん」

「僕は至って冷静ですよ、先輩」

「話があるって言ったでしょう」

「ええ。どうぞお話し下さい？」

よ、よし仕方ない。ここは話をまくし立てて気を逸らすプランBに変更だ。Aはないけど。

「江角さん、わたくしの事がお嫌い？」

「……この体勢でその質問ですか？」

少し苦笑いする江角氏。

「では、質問を変えますわ。わたくしを階段から突き落としたのはあなた？」

江角氏は目を見開くと直後、力強く抱きしめてきた。

いきなり何するんですか。そもそもあなた、恋人でもないのに抱きすぎですよね！　イケメンだからって何でもかんでも許されると思ったら大間違いですよ！

「可哀想《かわいそう》な先輩。人間不信になってしまったんだね。忘れないで。僕だけはあなたの味方だよ」

僕だけはあなたの味方だよ、か。実際に彼の言葉で耳にすると、随分とお軽く聞こえるから不思議だ。

私は彼の本音を引き出そうと、悠貴さんから聞いた話を突きつけてみた。

「……本当ですか？　柏原静香さんの幼なじみの江角奏多さん」

その言葉に彼はぴくりと反応すると身体を起こし、途端に私を見下して冷たく笑った。

あなた、変わり身早くて怖いです。だけどその早業、俳優にでもなれそうね。

「何だ。知ってたの」

「……ええ。ごく最近に。それで先ほどの質問ですけど、あなたではないのですか？」

「と言う事は、瀬野先輩、本当に突き落とされたんですか？　あははは。本当に色んな人に恨まれているんですね」

私の言葉に江角氏はその可愛い容姿を冷たく歪ませて笑った。

寒い。寒すぎるわ、その笑顔。凍《こご》えそうよ！

「……それがあなたの本性？」

「本性ね。そうだと言ったら？」

「……残念だわ。あなたがわたくしに好意を見せるフリをしていたのは、柏原さんがそうさせたと言うことですわね」

その時初めて感情が動いたかのように彼は目を見張った。

「事実無根のわたくしの悪評判、目に余る物がありますわ。誰かが仕掛けたとしか思えません。わ

たくしを恨んでいるのは、二宮悠貴さんとの婚約をわたくしのせいで白紙にされたと思っていらっしゃる柏原静香さん。彼女があなたに頼んだのかしら？　大人しそうに見えて陰湿で酷いことをなさる方ね。……いっ！」

彼が掴んだ私の腕に力を入れて、強く握りしめてくる。

痛いわねっ、か弱きレディーに何するのよ。

「静香を悪く言わないでくれる？　彼女は君と違って心の綺麗な持ち主なんだ。それにあなたと二宮先輩のせいで、静香がどれだけ心を痛めたと思っている！」

君と違ってとは何よ！　事実無根だと言っているでしょうが。それに悪いのは悠貴さんのお父様ですからね！　優華さんは何一つ悪くないんだからっ。彼女は人付き合いが不器用なだけなんだから。

……と言うか、よく考えてみたら悠貴さんサイドは親子共々つくづくトラブルメーカーだな。

私はため息を吐いた。

「そうですか。確かにわたくしを恨んで何か仕掛けようとするのは、何も柏原さん本人ではなくても、彼女を想う人でもおかしくないですわね。では、あなたがやったという事なのね」

「いいえ。階段から突き落としたのも、噂を流したのも僕じゃないですよ。陰口叩くことで自分の評判を落とすこともないし、それにそんな手間をかけるよりも先輩本人をモノにすれば何より確実だし、早いでしょ？」

モノにって、怖い発言をさらっと冷たい笑顔で言わないで頂きたい。さすがの私も冷や汗が流れそうよ。

「ここで身体の既成事実を作ってしまえば、二宮先輩どう思うでしょうね」

「……わたくしたちに対する復讐のつもりかしら」

「そうですよ」

「ずっとそう思いながらわたくしと接してきたの？」

彼はそれには答えず、眉をひそめてただ黙ってこちらを見つめる。

「あなたの音色に励まされてきたのに」

優華さんは書き記《しる》している。心が折れそうになる自分を勇気づけてくれるような音色に何度も胸を打たれたと。

「あなたが奏でる優しい音色に何度も心が癒されましたのにっ！」

私の言葉を通して、優華さんが心から訴えかけるような叫びだった。

ほんの一瞬だけ、彼の瞳が戸惑いに揺れるのが見えた。

けれど彼は腕を解こうとはしない。

落胆と共に優華さんが受けた心の傷がズキズキ熱いほど響く。

「今更、僕の同情心を煽《あお》って懇願ですか？　冗談じゃない。そんなもので許すとでも？」

こちらこそ冗談じゃないわね。なぜあなたに許しを請う必要があるというのよ。

「あなた言ったそうじゃないですか。人を傷つけた分、いずれ自分の元に返ってくるって。だったら僕の大切な静香を傷つけた報いを受けてもらえますよね？」

「…………馬っ鹿じゃないの！」

筋違いの恨みに苛立ちすら覚え、いい加減頭に来てそう叫ぶと、江角氏は目を丸くして驚いた。

そもそも、そこまで彼女の事を大切に思っているなら、なぜ自分がもっとちゃんと彼女を支えてあげないのか！

「見当違いの逆恨みもいいところよ。受けるわけないでしょうが！」

「先輩、思いの外、口が悪いんですね。それが本性ですか？」

悪かったですねっ！

ちなみに口が悪いのは優華さんではなくて、私、木津川晴子ですよ。とりあえず優華さんに謝れ。

……いや、謝るのは私ですか。

「まあ、その方が罪悪感覚えなくて済むからいいか」

え。何言ってんの⁉　それは良くないよ！　口悪い私でも少しは良いところもあるんだから、罪悪感くらいは覚えようよっ！

などと若干的外《まとはず》れな事で焦る私のブラウスのリボンに彼が手を掛け、スナップボタンを外したその瞬間、机にあったはずのバイオリンの弓がなぜか音を立てて落ちた。

え、何っ⁉

江角氏も思わず振り返り、彼の気が逸れたかと思った次の瞬間、ドアノブを強引にガチャガチャガチャと回す激しい音が立てられた。

ぎゃあああっ！

何てタイミング。何かホラーですっ！　でも扉の向こうの相手は誰か分かっている。

そしてようやく鍵が外される音が聞こえた。

……はぁ、来た来た。

ヒロインはヒーローに助けられてこそ華開くもの。ヒロインがピンチの時に絶妙のタイミングで現れるのがヒーローなのだとうんうん感慨深く頷いていると。

「奏多っ！　やめて奏多！」

最初に教室に踏みこんで来たのは、涙を浮かべて叫ぶ柏原静香さんだった。

…………なぜだ。

5. 備えは万事抜かりなく

柏原さんの登場に江角氏は茫然とするが、私も呆気に取られた。

江角氏にあらかた目星を付けていたので、柏原さんに同席してもらう事は聞いていたが、まず真っ先に悠貴さんがなだれ込んでくるかと思っていたのに。

そんな私の疑問を余所に悠貴さんは私に近づいて来ると、無事で良かったと私を抱きしめた。

……あの。私、優華さんじゃないですけど。ま、いいか。

抱きしめられたままの状態でちらりと松宮氏を見ると、途中から二宮を押さえ込むのが大変だったんだからなとうんざりした表情を浮かべて言った。

ああ、なるほど。まだ出て行っては駄目だと松宮氏が悠貴さんを取り押さえている中、完全フリーの柏原さんが先に飛び出したわけですね。

松宮さん、お手間を取らせてすみません。お疲れ様でした。

「静香。何でだよっ。何で静香が止めるの！　君の婚約者を奪った女を何で庇《かば》うんだよ！」

「違うの。私なの。私の方なの、お父様が婚約解消を二宮様にお願いしたのは私のせいなの！」

「……どういう事？」

眉をひそめる江角氏に彼女はゆっくりと話し始めた。

彼女が小さな頃、父親に自分には素敵な婚約者がいるのだと聞かされた。だからその人に釣り合う素敵なレディーになりなさいと。そして高校生になったばかりの悠貴さんと会った時、本当に素敵な人でとても嬉しかったと言う。

……本当に素敵な人？　一体誰のことをおっしゃっているのやら。

私は念のため、悠貴さんに視線を送るときらりと輝く笑顔を返された。

あー、うん、まあ外面はいいか、外面だけはね。

そして再び柏原さんへと視線を戻して話を聞く。

彼女がそんな風に歓喜に浸っていた一方、悠貴さんの方は自分に婚約者がいたことの事実にただ戸惑っていて、その姿がとてもショックだったらしい。

さらに悠貴さんには小さな頃からの想い人がいるという事実も彼の口から聞かされてしまった。

自分の気持ちを抑えて、まだ見ぬ婚約者のために釣り合う人間になろうと日々精進してきた彼女はいきなり目標を崩されたようで、すっかり途方に暮れてしまったのだそうだ。

「その頃ね、奏多に悩みを打ち明けてしまったのは」

「……憔悴《しょうすい》していたよね、静香」

苦々しく表情を歪める江角氏。

まあ、彼なりに彼女の事を想って悩んでいたのかもしれない。視点を変えれば彼らにも理由があるのだろう。

「ええ。でも、奏多。あなたのおかげで立ち直ったのよ。……いいえ、本当はずっと前からあなたの事を想っていた」

「……え？」

江角氏はぽかんとした表情で柏原さんを見つめた。

あー、はいはい分かります。すれ違いラブ系ですよね了解でーす。

気持ちが逸れて、何気なく下に目を向ければ、目に入ったのは先ほど落ちたバイオリンの弓。

ああ、そうか、あんな主人でもパートナーの彼を愚行から守ったのね。よしよし、偉いぞ。

私が心の中で語りかけていると、バイオリンが、あの子が悪かったわねぇと謝ってくれている気がした。

いえいえ、お互いに苦労しますねと弓をそっと撫《な》でていると、何やってんだお前、と呆れた声でそう言う松宮氏。振り返ると彼はちゃっかりソファーに座っている。

あなたこそ何一人でソファーにふんぞり返って座っているのよ。ずるいわ、私も座ろう。

もう一度撫でてテーブルに弓を置くと、悠貴さんを誘ってソファーに座る。

さすが高級ソファー。座り心地がいいね。ふかふかだわ。練習の合間に座ったら、お昼寝しちゃいそうだ。

「私には婚約者がいると思って育ってきたし、何より私の方が年上だから……ずっと気持ちを抑えていたの。でも、お父様がそんな私に気付いて婚約解消に動いて下さったのよ」

二人のすれ違い物語が終わるまで暇なので、編み込みの練習でもしてみる事にする。

優華さんは直毛だから編みにくくて苦心していると、松宮氏がイライラとしながらお前は不器用だなと手を伸ばしてするする編み出した。

何と手慣れていらっしゃる事よ！

「静香……。僕もずっと静香を想っていた。静香のためなら自分が汚れ役だって買ってやるって、そう思っていたんだ」

できたぞと言うので壁にかかった鏡を覗き込むと見事な編み込みが出来上がっている。

すごいねと言うと少し黙った後、妹に頼まれてよくやるからとそっぽを向きながら答えた。

意外とシスコンなんだねぇ、あはは。耳赤いし！

そう言えば……と悠貴さんは切り出す。

君の妹さんと僕の弟がいつも仲良くさせてもらっているようでありがとう、と。

松宮氏はその言葉にぐるんと向き直ると、言っておくけど妹はお前の弟になんかやらないからなっ！　と指さした。

そうは言っても君の妹さんが弟の事が好きだって言うんだから仕方ないでしょと悠貴さんは言うと、勘違いするなっ、お前の弟が妹につきまとっているんだと松宮氏が返した。

「……奏多、愛しています」

まあまあ、仲良きことは美しきかなって言うじゃない。それに妹さんだっていずれ誰かと結婚したら、あなたの元から離れて行くんだしと私が言うと、松宮氏はうっと言葉を詰まらせ、だがお前の弟にだけはやらんからなと悠貴さんに宣言した。

そういうことは悠貴さんの弟さんに直接言わなきゃ。まあ、本気でやったら大人げないですよ。

「静香、僕も君を愛している…………って、いい加減、外野うるさいですっ！」

……ん？　いつの間にか話が終わって、二人は思いが通じたようですね。

「ああ、ようやく終わったみたいだね。じゃあ、そろそろいいかな、お二人とも」

腹黒そうに笑って悠貴さんが立ち上がった。

うん、怒っているね。彼らのすれ違いのせいで、優華さんの貞操の危機になったんですものね。

まあ、私も迂闊《うかつ》だったのですが。

「今回の事は僕の父に原因がある。酒の場のノリで口約束し、おまけにすっかり忘れていたと自白した。その事で柏原さんを傷つけてしまった事は本当に申し訳なく思うけど、婚約解消は和解の形で決着を付けているはずだよ。だから江角君が優華にした事は許すつもりはない」

「……分かっています。瀬野先輩には本当に申し訳ない事をしたと思っています。だからどんな形でも必ず責任は取ります」

江角氏は真摯な瞳で悠貴さんを見返す。

「だったらこれは学園に報――」

「悠貴さん、お待ちになって」

私はそこでようやく悠貴さんの言葉を遮《さえぎ》って立ち上がった。

「前途ある若者の未来の芽を刈り取ってしまうのはいかがと思いますわ。本人もこのように反省なさっている事ですし、わたくしもこの通り無事でしたし、学園への報告は不問という形に致しませんか？」

「なっ、はるっ――」

私はまた悠貴さんの言葉を手の平で遮る。今、晴子と呼びそうになったでしょと一瞬視線で叱った後、江角氏に向き直った。

「ただし江角さん、もちろんタダと言うわけには参りませんわ。あなたはどんな形でも責任は取るとおっしゃいました。男に二言《にごん》はございませんね？」

「え？」

「に・ご・ん・はございませんわね？」

「は、はい！」

「よろしいでしょう」

にっこり笑う私に柏原さんは女の勘で不穏さを感じ取ったのだろうか。

「こ、今回の件は私にも責任があります！　お咎《とが》めなら私にも。だから」

そう懇願する柏原さんにそれもそうかしらと思う。

ヒロインはヒーローに助けられるというセオリーを破る愚の骨頂を犯したわけだし、とぶつぶつと私が呟くと、あーうん、実はドラマ的展開を無下にされて滅茶苦茶怒っていたんだなと松宮氏が頷いた。

「分かりました。柏原さんには同情の余地はございますし、良きに計らって差し上げましょう」

二人で幸せ二倍、辛さ半分ってね。まあ、彼女の鑑《かがみ》じゃないですか。誇って良いわよ、江角さん。

「なっ、静香は関係な――」

まったく男の方は往生際が悪いわね。

「江角さん。日本経済に影響を与える財閥家の娘として、こちらも付け入る隙を与えたのはわたくしの未熟さ故の落ち度。けれどあなた方が一端を担ったのもまた事実」

彼はぐっと言葉を詰まらせた。

「ましてわたくし、心を深く傷つけられた上に身体も貞操の危機でした。学園へ報告すれば、退学どころのお話ではなくてよ？　あなたのお家の名にも傷が付くでしょう。それを秘密裏にするという温情を与えようとしているのですわ。お分かり頂けるわね」

「……何を、すればいいですか」

不安げに尋ねる江角氏に私はふふっと笑った。

「それは然るべき時期に然るべき処分を下しますわ。追って沙汰《さた》を待つがよろしいでしょう。その時、万が一約束を違えたら……もちろん分かっておりますわね？」

その時、江角氏、柏原さんご両人は閻魔《えんま》大王様の姿を私に見たらしい、とさ。ああ、優華さんの枕詞が増えてゆく……。


「それにしても結局、優華さんを階段から突き落とした犯人も噂の出所も分からなかったわね」

私たちは音楽室を立ち去った後、場所を自分たちの教室に移して話し合う。ありがたい事に放課後ですっかり人気は無い。

「時系列もばらばらのようだし、こうもたくさんあると、始まりを探すのはもう無理かもしれないな。せめて瀬野を突き落とした犯人だけでも見つかればいいんだが」

私の机の前に座る松宮氏は優華さんのノートを眺めながら言った。

本来なら人に見せるべきじゃないんだろうけれど……ごめんなさい、優華さん。

悠貴さんはただ黙ってノートを見つめていた。夕日が彼の頬に影を作り、苦悩の色を醸し出す。

優華さんの苦痛だった日々を同じように感じているのだろうか。

私は松宮氏と顔を見合わせた。そして気付いたように彼は自分の胸を指でトントンする。

……あ。

「ああ、そうだ。忘れていたわ。これ、返すわね」

私は胸のブローチを取り外して悠貴さんに返す。

「ああ、持っていていいのに」

「いや、普通に良くないでしょうよ。これ、盗聴器ですから」

そう、このブローチ型の盗聴器を通して、彼らに別室で話を聞いてもらっていたのだ。何度も悠貴さんを取り押さえようとしていたであろう松宮氏の姿は想像に難《かた》くない。

「よくこんな物を持っていたわね」

「僕じゃなくて、敬司がね」

「え？　刑事？　って、何デカ？」

「……何デカって。紺谷敬司だよ」

「ああ、紺谷さんがね、紺た……。悠貴さん、まさかとは思いますが！　優華さんの部屋や持ち物に盗聴器など仕掛けてないよね？」

「まさか」

爽《さわ》やかに笑う悠貴さん。

うん、そうですよねぇ。私ったら、疑い深くてやぁねえ、あははは。

悠貴さんに笑顔を向けると、私は松宮氏に視線を移して眉をひそめた。

「……松宮さん、盗聴発見器を手に入れるにはどうしたらいいかしら」

「最近はインターネットなどで意外と簡単に手に入るらしいぞ」

「え、ちょっ、酷いよ」

焦る悠貴さんに私と松宮氏は冗談だよと笑った。

「……ごめんね、二人とも。せっかく協力してくれているのに僕一人暗くなってしまって」

「構わないわ。優華さんが大切なのは分かるから」

「俺も乗りかかった船だ。最後まで付き合うつもりだ」

松宮さんってば、真面目ないい子だこと。悠貴さんに爪の垢《あか》を煎《せん》じて飲ませたいわ。あら？　一見、松宮氏よりも悠貴さんの方が大人びて見えるけど、もしかすると、実は松宮氏の方が余程大人なんじゃないだろうか。

「ありがとう……二人とも」

少し気持ちが浮上したらしい悠貴さんに、私と松宮氏は顔を合わせて笑みを浮かべた。

「それにしても思ったんだが、もしかして盗聴って犯罪じゃないのか？」

「そうね、軽犯罪者の紺谷さんが持っているぐらいだし」

紺谷氏は私の中で、軽犯罪者がすっかり枕詞になってしまいました。

「うーん。もしかすると罪に問うのに盗聴は不利だったかもしれないね」

「だよなぁ」

「実際、罪に問うために使うわけではないけれどね。でもまあ、安心して下さいな」

そう言うと私はブレザーのポケットから携帯を取り出して、再生してみせた。

私と江角氏が交わした会話が流れる。

「ほらね。念のため、携帯でも取っておいたの。防音室でも本当に電波が届くのかどうか不安だったから。ボイスレコーダー機能なら問題ないでしょう？」

うん、備えあれば憂いなしですよね。

ぽかんとしている二人に構わず、それにしても紺谷さんとの会話録音の時にも思ったんだけど、このアプリ、なかなかの高感度でイイネ！　と私はウインクして指を立てる。

「だ、だから怖いわっ、お前っ！　――はっ。ま、まさか今この瞬間の会話も取っているんじゃあ」

「僕は今、君だけは二度と敵に回さないことをここに誓うよ……」

松宮氏は腕を伸ばして携帯を取ろうとし、悠貴さんは右手を少し挙げて宣言をした。


悠貴さんは紺谷氏に盗聴器を返しに行って来ると言って席を外した。

今日はもう帰るだけだから、教室で待っている事にする。

一人で待とうしていた私に付き合ってくれる松宮氏、ホントいい子ですね。

100

ちなみに下手に携帯の取り合いをして、大事なデータを消されては元も子もないので、私が折れて見せてあげましたよ。

松宮氏は納得したようで素直に携帯を返してくれた。

「ほっとしたようで何よりです。ま、携帯はもう一台あるんですけどね」

「なっ⁉」

「あはは、冗談、冗談！　ないない」

「お前なぁ」

けらけら笑う私に松宮氏はホント瀬野優華とまるで真逆だよなぁと脱力する。

「あら、そうなの？　まあ確かにそうかもねー」

「瀬野の事は何も知らないのか？」

私は肩をすくめてみせる。

「そうなのよ。時折、優華さんの感情かなと思われるものが心に響く時はあるんだけどね。実際の優華さんの事はあなたたちの方が余程良く知っているんでしょうね」

「ふーん」

「ねえ。今更だけど、優華さんってどういう人なの？　一応、悠貴さんから一通りの事は聞いているけどやっぱりピンと来ないのよね」

「そうだなあ。俺も正直、噂の面からしか見えていなかった部分もあるから」

彼は少しきまりが悪そうに言った。

「ただ、前にも言った通り、どうも瀬野自身は人を避けている印象があったな」

んー。それは知っているな。もっと目新しい情報はないものか。あ、家族の事とか聞いてみようかな。

「他には？　家族構成とか。お兄さんがいるんだよね。知っている？　一番上のお兄さんとか」

海外出張中のお父様や放浪中の二番目のお兄様と違って日本にいるのにもかかわらず、優華さんの入院中にお見舞いに来なかった薄情者だ。

だからなのか、余計に興味を惹かれる。一体どんな人物か。

「ああ。昔、パーティーで何度かお会いした事がある」

ほー。それは財閥家同士のお披露目パーティーなるものですかね。

「確か、歳が一回り以上離れていたんだったかな」

「ああ、十四歳上だそうよ」

悠貴さん情報だと確かそうだった。

「そっか。だからすごく大人に見えたたな」

「ふむふむ。それでそのお方、やっぱりイケメンさんですか？」

やっぱりそこは大事なポイントですよね！

優華さんがこれだけ美人なのだ。お兄さんもきっとイケメンさんに違いない。そうだ、そうに違いない。

しかし彼は眉をひそめて、いやと言葉を濁した。

「あら、イケメンさんじゃないの？」

意外そうに言う私に対して、松宮氏は首を振る。

「そういう意味じゃなくて。イケメンの域じゃないって事だ。男前という言葉の方がよほど相応《ふさわ》しい」

「へぇ、そうなんだ」

「とにかくまとっているオーラの強さが桁違《けたちが》いなんだ」

お、それは瀬野家の特徴なんですかね。優華さんのお祖母様もそんな感じだった。

「威圧感がとにかく半端なくて圧倒される。男の目から見ても格好いい」

媚《こ》びるように言うわけでもなく、ただ、優華さんのお兄さんを憧れの目で真摯に語る松宮氏に何だか照れくさくなってくる。

もしかするとそれは優華さんの感情なのかもしれない。

だから思わず口走っていた。

「やー、そうですかぁ？　照れるなぁ、身内を誉められると」

決して茶化そうとしたわけではない、ええ、断じて。優華さんが私の言葉を借りて言ったのだー。

私がそう言うと彼は眉を上げて、にっと笑う。

「瀬野優華のな」

「そう、優華さんのですけどね」

彼と同じく私も、にっと笑い返した。すると彼は私をまじまじと見つめてくる。

「……こうして改めて見ると不思議だけど、全然、瀬野優華には見えないな」

そして呆れたようにこれで学園生活、大丈夫なのかよ、と肩をすくめる松宮氏。

「あーら、それは一体どういう意味かしら、松宮さん」

「うん、まあ、そういう意味だろうな」

嫌味のない快活そうな笑みを浮かべる松宮氏はどうにも憎めないな。

私は苦笑した。

「ところで、松宮さんも悠貴さんと真逆よねー」

「は？」

何が言いたいのかと眉をひそめる松宮氏。

「何て言うか、庶民的って言ったら失礼かしら？　良くも悪くも自分の感情に素直な普通の高校生って感じがする。何せ悠貴さんは裏表あるでしょー。いかにも良い所の出のご令息って感じ」

「……何だ、その偏《かたよ》ったステレオタイプみたいなのは」

呆れたような表情の彼に気を悪くしたかなと素直に謝る。

「あはは、ごめんごめん。まあ実際、悠貴さんの場合、家庭環境を考えれば人を容易《たやす》く信じることができなくなったのも頷けるんだけど、そういう意味ではあなたも一緒なわけでしょう。何が違うのかしら？」

「ああ……。そうだな。多分、俺の母さんが一般家庭の人間だったからかもな」

「へえー、そうなの」

それは初耳です。

それでそれでと思わず身を乗り出してしまう。

松宮氏はそんな私に若干引きながらも話を続けてくれる。

「上流家庭における礼儀作法とか食事面とかは父方の執事たちや先生方に教えこまれたけど、育児に関しては母親だったからな」

　ああ、だからあの時、彼はジャンクフードを下賤《げせん》な食べ物と言ったのか。普段、食事はいいものを食べているんだろうね。まあ、下賤発言は許しがたいが、あの時、勢いで言っちゃったのもあるのだろう。

「人に迷惑をかけるなとか、家が上流家庭でも自分が偉いわけでもなんでもないのだから偉ぶるな、人が困っていたら助けろ、自分に正直であれとかは散々叩き込まれたな。人に迷惑をかけた時は遠慮なく思いっきり怒られたしな」

　思わず小さな頃の松宮氏がお母様にお尻ぺんぺんされる光景が思い起こされて、笑ってしまう。

「……何か変なこと考えてないだろうな」

「いえいえ、とんでもない。妹さんもいるし、不器用ながらも女性に優しいものね。それで今の正義感強いツンデレの君が出来上がったわけか。お母様、ごちそうさまでありますっ！」

「ごちそうさま、ってなんだよ……」

「いやー、お母様とは気が合いそうですわー」

　松宮氏はふと、ああと言って少し眉根を寄せた。

「そう言えば、何となく母さんと似ている気がするな。男前っぽ――」

「いやーん。お母様に似ているから私の事好きって⁉　困るなぁ。私に惚れると火傷《やけど》するよっ！」

　私がビシバシと松宮氏の肩をはたくと彼はハァとため息を吐いた。

「安心しろ。……絶対ありえないから」

「ひっどー。私に惚れなかった事を後悔するなよぉ。逃がした魚は大きいんだからね」

「だからどっちだよ……。第一、瀬野は二宮の婚約者だし、おまけに中身は別人……なわけだしな」

まあ、それはそうですね。おまけに中身は私ですし？　ええ、私で悪かったですね！

「え、何いきなり怒ってんだ？」

少し困惑気味の彼に何でもないと告げると、彼は小首を傾げ。変な奴と呟いた。

「瀬野も今の半分くらいでも感情を出してりゃ、誤解を受ける事もなかったのかもしれないよな」

んん？　今、一瞬言葉に引っかかりを感じたのだけど。……まあ、いいでしょう。

「そうね。でも人間、得手不得手があるからね。どうしたってできることとできないことがあるわ」

「……そうだな」

何だか声のトーンが一段落ちた松宮氏に私は首を傾げた。

「ん？」

「いや……俺がやっている事を余計なお世話だと思う奴もいるだろうなって話」

彼もまた一般家庭の生徒たちを上流家庭の生徒の横暴な振る舞いから守っていると話で聞く。

しかし、家庭の事情で我慢せざるを得ず、状況を受け入れている人もいて、彼の行動をかえって迷惑だと思っている人もいるかもしれない。

……あるいは彼自身、そう言われたのかもしれない。

「ああ、それ。そう思うことあるわね、私も」

「そうなのか？」

「ええ。優華さんはこれ以上、事が大きくならないようあと一年、ただ静かに学生生活をやり過ごそうとしていたのに、私が今行動していることは優華さんの意に反しているんじゃないかって」

「……そうか」

神妙に頷く彼を見て、微笑する。

彼も考えるより先に行動するタイプだから、何か思うところがあるのかもしれない。

「でもね。そう思ったけれど。本当にそうだったら優華さんはこんな風に情報を集めたりしなかったんじゃないかって。どこかで誰かに違うと分かってもらいたかったから行動していたんじゃないかって。だって……大勢の中の、広い空間の中の一人は、より孤独を感じさせられるから」

なぜか自分のその言葉が胸を突き刺して酷く痛む。

「私はね、力がある人はない人に比べると、自分さえ行動すればできることがとても多いと思うの。だから私は今、自分ができる精一杯の事をしたい」

そう。そう思っているのは嘘ではない。嘘ではないのに、こんなに不安でドクドク胸の鼓動が早くなるのはなぜなのだろう。

「傲慢《ごうまん》だって分かっている。だけどね、時には傲慢にならないと人の心を動かす事ができない瞬間もあると、思う……から」

私は何のために、そして誰のために行動しているのだろう。本当に……本当に私がしている事は正しいの？　ただ、自己満足なだけではないだろうか。

私の勝手な行動のせいでまた誰かを。また誰かを——？

「どうした？　どこか痛むのか？　大丈夫か？」

知らず知らずの内に痛む胸を押さえていた私は心配そうに声を掛けられて、はっと我に返る。そして首を振ると、いつものように笑みを向けた。

「だから君もね、こういう馬鹿正直な真面目人間もいるんだって思ってもらえばいいじゃない」

「……馬鹿は余計だ」

「ふふっ、そうね」

そして私は笑いを収めると、彼を見つめた。

「ねえ、松宮さん。色々協力してくれてありがとうね。本当に感謝しているわ」

「な、何だよ、いきなり。面と向かって」

「……言える内に言っておこうかと思って」

そう言うと、松宮氏は驚いたようにこちらを見つめた。

私は自分でフラグ立ててどうするんだろうと思いながらも、笑って続ける。

「それでね、乗りかかった船ついでに、もう一つだけお願いがあるの。……優華さんが戻ってきたら、力になってあげて欲しい。悠貴さんはもちろん優華さんの味方だけれど、彼一人では対処できない事もあるかもしれないから」

「その時……お前、木津川晴子は」

ただ笑みを浮かべる私に彼は小さくため息を吐く。

「いや、分かった。……それがお前の望みなら、約束しよう」

「ありがとう」

本当にいい子。いい男になるわよ、あなた。

「それにしてもお前も大概、お人好しだな」

「袖振り合うも多生の縁って言うでしょ」

「お前、絶対、勧善懲悪《かんぜんちょうあく》ものの時代劇が好きだろ。だけど『引っ立てぇーい』はないだろ……。あれじゃ、瀬野優華じゃない事がバレるぞ」

一度言ってみたかったんだよねーと笑う私に、教室に戻って来た悠貴さんが、え、バレるって一体何の話？　と焦ったように近づいてきたのだった。

6．強さの定義

「うーん。眠い……」

今日はポカポカ陽気で眠気を誘う天気だ。

屋上で一人ランチを済ませた後、塔屋の上まで上ってお昼寝タイムといこう。そこでなら誰にも見付からずにのんびりお昼寝ができそうだ。高貴なるご令嬢が屋上にて、大の字で寝ている所を見られては大変だもんね。

私はまだ残っているペットボトルを手に、塔屋の壁に設置された梯子《はしご》で上っていく。

上がり切って見渡してみると、ひと一人、十分横になれる広さだ。

早速横になると、手足を投げ出した。

空が青くて本当に気持ちいい。季節的にもうすぐ梅雨に入るだろうから、ここひと月の最後の晴天かもしれない。

それにしても若いってやっぱりいいね。さすが日傘無しでは歩けない年代とは違う。

それでも眩《まぶ》しさから顔にハンカチを掛けた。そして穏やかな午後に惰眠を貪《むさぼ》ろうと、うとうとまどろんで来た時だった。

乱暴に屋上の扉が開かれ、数人の男子生徒が入ってくる気配が感じられた。

あらら、うるさくないといいな。

半分夢うつつの中そんな事を思っていると、ドシンッと音が響いた。

うん？　何だ何だ？

「ふさげんな」

音の後に男子生徒の苛立った声が聞こえてきて、すっかり目が覚めた。

「どういうつもりだ！　金を持って来いって言っただろ！」

「すみ、ません。もう、お金なくて……」

「だったら、誰かから盗んでも持ってこいよ！」

主犯格と思われる男子生徒がそう言うと、周りの取り巻きがはやし立てる。

ああ、これってあれですか、あれ……カツアゲ。

顔からハンカチを取り、身体の向きを変えてこっそり見下ろすと、一人の男子生徒が腕を伸ばしている姿と周りに二人の男子生徒。件《くだん》の被害男子生徒は丁度この塔屋の壁に押しつけられている。

男子生徒のいじめは校舎裏ではなくて屋上でいじめなのですか？　あ、ここは鍵が掛かるからか。

私はそう見当を付けながら、ペットボトルのキャップを外す。

「すみ、ません……。それだけは」

「俺に逆らう気――」

リーダー格の男子生徒が苛め被害の生徒に手を上げようとした時。

私はペットボトルの中のお茶を下に向かって一気にまき散らした。

「なっ、冷たっ！　誰だ！」

彼らはすぐさまこちらを見上げてきた。

「あら、ごめんあそばせ」

私は寝転がったまま顔だけ出して、手を振った。

「寝ぼけていて、手が滑ったようですわ。もしかしてお茶がかかってしまいましたでしょうか」

「っ！　瀬野優華」

「まあ、怖いお顔。謝りましたのに」

「ふざけんな。上から見下ろして言う言葉か⁉」

瀬野財閥の力を前に、皆ひれ伏すかと思いきや、意外に気骨精神がある少年だな。

妙な感心をしてしまう。

「あら、それもそうですわね。失礼致しました」

私は立ち上がると、スカートを払う。

「――それでは、失礼して」

ここは格好良く舞い降りて、正義の味方参上といこうではないの！

「え、おい、まさかっ⁉」

焦ったような男子生徒の声にも構わず、私は塔屋から飛び降りるために少し助走して、ジャンプしようとしたその時。

「きゃわ⁉」

何かに足が引っかかったぁぁぁっ！　どうして女性は何にもない所でつまずくのですかーっ。

「お、おいっ⁉」

手をばたばた振り回し、身体のバランスを取ろうとするが、無情にも身体はそのまま傾いてゆく。

「ぎゃあぁぁ！　落ちる落ちる落ちるーっ！」

「わあぁぁっ⁉」

私の声に触発されて男子生徒のさらに緊迫した声が聞こえ、私自身諦めて目をつぶった次の瞬間。

地面に叩きつけられる音と激しい痛みが………来なかった。

「あ、あら？」

目をゆっくりと開けてみると、一人の少年の胸の上に乗っていて、同時に二人の男子生徒が倒れていた。どうやら落ちてきた私を咄嗟《とっさ》に三人で受け止めたが、支えきれなくて倒れたらしい。

しかし、ナイスキャッチ！

私は全くの無傷である。なかなか男気のある行動であった。うむ、褒めてつかわす。――あ、じゃなくて。

「もしもーし。大丈夫ですか？」

伸びた彼の顔をぺちぺちと叩いてみると、彼はすぐに目を開け、そして私の姿を目に入れると叫ぶ。

「うわぁぁっ⁉」

「……失礼ですわね。幽霊でも見たかのように」

私はそのままの形で他の二人にも声を掛ける。

「皆さん、お怪我は？」

「な、何とか」

「……はい、俺も」

彼らは頭を押さえながらも、むくむくと身体を起こした。

「そう、良かったですわ」

私がほっと胸をなで下ろすと、未だ自分の下にいた男子生徒は叫んだ。

「よくねーよっ！　って言うか、いつまで俺の上に乗っているんだよ！」

「あ、そうでした」

ぱちりと手を叩いた。

「失礼失礼」

彼の身体の上から身を退《ど》けて立ち上がる。そして彼に手を差し伸べた。

「大丈夫ですか？　お手をどうぞ」

「助けはいらねーよ」

「まあ、意地っ張りだこと」

彼を見下ろして笑っていると、二人の男子生徒が彼を起こすのを手伝っている。

あら、友情っていいですね。

「あの、大丈夫ですか」

彼らの様子を見ていると、後ろからおずおずと掛かる声に私は振り返った。

おそらく恐喝《きょうかつ》に遭っていた少年だろう。小柄で童顔で、いかにも大人しそうな子だ。

「大丈夫ですわ。ありがとうございます。あなたこそ、お怪我はなくて？」

「い、いえ」

彼に笑みを向けていると、いってーと若干苛立った声が上がるのが聞こえて、再び彼らに向き直った。

「あ、お怪我は？　頭打ちました？　大丈夫ですか？」

「……別にこれくらい問題ねーよ」

今、痛いと言ったじゃないのと苦笑いしてしまう。

あ、笑っている場合じゃなかった。お礼を言わないとね。

「ありがとうございました。おかげさまで傷一つ負いませんでしたわ」

彼らに向かって頭を下げる。

「別に……咄嗟に手が出ただけだし」

頭を上げると、彼らは視線をずらして少し気まずそうな表情を浮かべていた。

何でしょう。照れているのかな？

「ああ、それと」

私はポケットからハンカチを取り出す。

「先ほどはお茶をかぶせてしまいましたね。どうぞお使いになって」

「……いいよ、別に」

「まあ、強情だこと」

一つ息を吐き、私は彼に近付いた。そして少し背伸びして濡れた頭をハンカチで拭く。

「な、何するっ！　いいって言ってんだろ！」

「いいえ、私の落ち度ですから」

「落ち度？　わざとだろ？」

「いいえ、落ち度ですわ」

一度踵《かかと》を下ろし、彼の顔を見てにーっこり笑うと、彼は顔を引きつらせた。

そして私はひとしきり彼の濡れた頭と服を拭き終わると彼から離れた。そしてもう一度頭を下げる。

「改めまして。手が滑った事でお茶を掛けてしまいまして、申し訳ございませんでした」

そして頭を上げてお伺いを立てる。

「先ほどの謝罪、これでよろしくて？」

「……あ、ああ」

「そう、良かったですわ。ではこのお話はここで終わりとしましょうね」

ぱちりと再び手を合わせると、可愛く小首を傾げてみせた。

「切り替えが早いなっ！　それに、それって俺のセリフじゃね？」

「だって。わたくしこそ、あなたに言いたい事があるのですよ」

私はその言葉を軽く無視して、リーダー格の彼をびしりと指さした。

「あなた！」

急に眉と目が吊り上がった私に対して彼は警戒心を露わにする。私は構わず言った。

「先ほど、わたくしのスカートの中を覗き込みましたわね⁉」

彼は一瞬にして目を丸くすると、叫び返した。

「み、見てねーよっ！」

「怒らないから正直におっしゃい。顔が赤くなっていますわよ」

「み、見てない！」

顔を赤くして必死に否定する彼。疑わしいなぁ。

「本当ですか？　あなた方も？」

彼の両隣の取り巻きたちにも目をやると、彼らは一様に焦《あせ》った表情でうんうんと頭を縦に振っていた。

「……まあ、助けて頂いた事ですし、いいでしょう。今回はそういう事にしておいてあげましょう」

「お、おう」

「ところで……えーっと、もう一つ何か言いたい事があったのですが、あなた方、何をなさっていたんでしたっけ」

「え⁉　い、いや別に」

私はぱんと手を打つ。

「あ、思い出しましたわ。今をときめく壁ドンでしたわね！　もしやあなた、この方がお好きなの？」

　私は恐喝被害者の彼に振り返る。

「えっ⁉」

「確かにお可愛らしいお顔をしていらっしゃるようですけど」

「だ、誰がだよっ！」

　他の男子生徒にも目を向けてみる。

「この方って、そうですの？」

「そ、そう言えば、やたらとコイツに絡むような」

「それにいっつも同じタイプじゃね？」

　こそこそと話し合う取り巻きの彼ら。

「誰がだよ！　お前らもいい加減な事を言うなっ！　カツアゲだよ、カツアゲ！」

　最後の言葉は私に向けられた。

「まあ、カツアゲでしたか！　……って、威張《いば》って言う事ではないでしょう」

　うーん。しかし助けてもらった手前、やりにくいなぁ。

「何だよ。お前に関係ないだろっ！」

「確かに関係はございませんが、せっかく美味しくお昼を頂いて、気持ちよく眠っておりましたのに、騒がしい声に目が覚めたら、目の前でこんな光景が繰り広げられていましたらねぇ」

「お前だって同じような事をしてんだろっ！　言えた義理かよ！」

「失礼ですわねっ。いつわたくしがそんな真似をしたと言うのです。いつ、どこで！　何時何分何秒、地球が何回まわった時⁉」

一気にまくし立てた私に対して、彼らはどん引きしている。

「しょ、小学生かよ……」

「ほら、ご覧なさい。反論できないじゃ、ありませんか」

ふふん、勝った。こういうものは先に言ったもの勝ちね。

「いや。普通、低レベルすぎて反論できないだろ……」

ま、まあ、それもそうですね。

私は少し頬を上気させながら、ごほんごほんと咳払いした。

「さて。お話を戻しますが。お見受けしたところ」

そう言いながら、彼の腕に視線を落とす。

「高級時計を身につけていらっしゃるようですし、お暮らしには困っていないように思うのですけれど？」

最後は彼の顔を見上げた。

「………」

「お金をカツアゲしないといけない何か深いご事情が？」

彼はふてくされた表情で黙っている。

仕方がないので私は推理してみる事にした。

「もしやあなたは養子に出されていて裕福な暮らしをしているけれど、病気の妹さんは引き取り手がなく、今もなお故郷に残っているとか？　だけどお金を出してほしいという事を養父に言い出せずにカツアゲで賄《まかな》おうと？　そんな事をしても妹さんは喜びませんわ。見栄を張ってないで、その時計をお売りなさい！」

「なっ、誰がだよ！　何だよ、その創作！　妹なんかいねーよっ！　勝手に妄想すんなっ！」

「まあ、良かった。病気の妹さんはいなかったのですね。ではなぜ？」

「ただの気晴らしなだけだよ！」

彼もまた松宮氏と同様、直情型らしい。あっさりと白状した。しかし——。

「気晴らし？」

「家に学校にプレッシャーばかりで、ガス抜きしたいんだよ！　財閥家の重荷を背負っているお前だって俺の気持ち分かるだろ！」


「——喝《かつ》っ！」


びしりと指をさすと、彼らは今度こそ顔を強ばらせて腰を引いた。

「何と嘆かわしい！　情けない！　ええ、情けないですわっ！　そんなにストレスがあって八つ当たりしたいなら、缶蹴り遊びでもしていればいいでしょう！」

「ぐっ⁉」

「い、今時、缶蹴り……」

「な、なあ、瀬野優華ってこんな奴だっけ」

取り巻きの男子生徒がこそこそ話すのが耳に入って、ぎくりとする。

しまった。やりすぎた！　ここは誤魔化さねば。

「そ、そこのあなた！　何をおっしゃるのかしら。ええ。わたくしの何を知って、そんなお話をなさるのかしら？」

「……いや、まあ。噂でだけど」

「ほーら、ご覧なさい。噂よりもあなたの目の前の実物こそが真実ですわ！　さあ、目を見開き、とくとご覧なさい、目の前の真実を。――そう、真実はいつも一つですわっ！」

左手を腰に当て、右手の人差し指を立てる私に彼らは圧倒されたように呟いた。

「何かどっかで聞いたセリフ……」

「ま、まあ……でも言われてみれば確かにそうだな」

「そう言われたら、そんな気がしてきた」

意外に君たち、純粋だな！

「ともかくね。いいですか？」

私はリーダー格の彼に近付く。そして彼の右手を取って包み込んだ。

「お、おい、何を⁉」

「あなたのこの手、人を殴るためのものじゃ、ありませんわ」

「え？　何言って……」

「だって、この手でわたくしを守ってくれたではありませんか」

彼は一瞬目を見開いた。しかしすぐにそっぽを向く。

けれど耳まで赤くなった彼から照れの気持ちが伝わってくる。

「ねえ、聞いて下さい」

私はきゅっと握ると、彼はおずおずとしながらこちらに視線を戻した。

「人を殴れば自分の手にも痛みが返って来ます。けれど優しさのためにこの手を使えば、優しさが返って来ます。……あなたのこの手、もっと優しさのために使ってみませんか？」

「……っ」

彼は瞳の中に動揺の色を見せる。

私は笑みを浮かべたまま他の二人にも目をやると、彼らは頬を赤く染めた。そして再びリーダー格の彼に視線を戻す。

未だ戸惑いの中、沈黙している彼に今度は少し上から目線で悪戯《いたずら》っぽく笑いかけた。

「ふふん。感動したでしょう。泣いていいですわよ」

「泣くかっ。っていうか、今ので興ざめしたぞ！」

「あらま。それは失礼致しました」

にっこり笑うと、彼は口元をへの字にする。

「手！」

「え？」

「いいかげん、手を離せよ」

「ああ」

優華さんの身体と比べて、かなり体格差のある男の子だ。無理矢理、振《ふ》り解《ほど》こうとしたらいくらでもできるはずなのに。

「まあ、恥ずかしがり屋さんだこと」

「あ、あのなぁ……」

私が茶化しながら重ねた手を外すと、彼は自分の手を引き、ゆっくり腕を下ろした。そして取り巻きの男子生徒に少し視線をやると声を掛ける。

「行くぞ、お前ら……」

「あ、ああ」

「う、うん」

「皆さん、お待ちになって」

私は歩き出した三人を止めた。

「……何だよ」

「あなた方のお名前は？」

一人一人問うように彼らを順番に見つめていく。

「なっ？　関係な――」

リーダー格の彼は反発しようとしたが、その言葉を遮って二人は名乗る。

「あ、俺は三年の宗方です」

「僕は二年の弓村です」

「お、お前らなぁっ！　何で素直に答えてんだよ！」

「え、だって聞かれたし、なあ？」

弓村と名乗った彼も頷いている。

私は笑いながらリーダー格の彼に尋ねる。

「それで、あなたのお名前は？　何でしたら、タローさんでもジローさんでも構いませんけど」

「今、犬の名前っぽくなかったか⁉」

「あら、被害妄想ですわ。今すぐ全国のタローさん、ジローさんにお謝りなさい」

「はぁ……二年の村崎だよ」

村崎君は諦めたようにそう言った。

「そう、宗方さん、弓村さん、村崎さん」

「何で俺の名が最後なんだ！」

村崎君が噛《か》みついてきた。私は腰に手を当てて、前屈みになる。

「村崎さん、器が小さいと女の子にモテませんよ。それに最後と言ったら、トリじゃありませんか。一番目立つポジションですよ？」

「え⁉　い、言われてみれば……って違うだろ！」

ちっ、騙されなかったか。

「まあ、それはいいとしてですね。もしまたこれから何かムシャクシャするような事があったらいらっしゃい。わたくしが私でいる限りはお相手してさしあげますわよ」

「どういう意味だ？」

謎かけのような私の言葉に村崎君は眉をひそめた。

私は彼の疑問には答えず、笑って続けた。

「……わたくしが私でなくなった後は、松宮千豊さんの元に行くといいですわ。わたくしからもお願いしておきますから大丈夫ですわよ」

「は？」

「けれど、わたくしはあなたの真心を信じますわ。——信じます」

すると彼は目を見開き、一瞬言葉を詰まらせた。

「っ、本当に興ざめした。行くぞ、二人とも」

そして彼は背中を向けて歩き出した。

取り巻きの彼らは申し訳なさそうに少し苦笑いして、こちらに会釈すると彼の後を追った。


屋上が静寂を取り戻すと、背後から声が掛かった。

「あの。あ、ありがとう……ございました」

すっかり空気となっていた彼に振り返る。

「いいえ。どういたしましてですわ」

「……でもこんな危険を冒さなくても先生でも呼んで下されば良かったのに。下手したらいくらあなたでも暴行を加えられていたかもしれませんよ」

うっ。やっぱりちょっと無謀《むぼう》だったかな。

「ですが、そんな事をしましたら後々あなたが大変でしょう？」

「え？」

「ここに先生をお呼びしたとして、先生のお力でいじめを一時的に止める事ができたとしても、その後、余計に酷くなる可能性が高いですもの」

「……そうですね。人の権力で押さえ込んだところで一時凌《しの》ぎに過ぎない。かえって彼らを怒らせていただけかもしれない」

「ええ。そうですわ」

学園でのトップ、先生の力としてこの場を取り押さえる事はきっと容易い。だけど彼らの心が動かなければ同じ事を繰り返すだけだ。

人の気持ちを変えなければ、根本的な解決にはならない。……今回、そのきっかけになったかどうかは分からないけれど。

「これで彼らの言動も少しはマシになるといいのですけどね」

すぐには変われなくても、たとえ少しずつでも。

「……そうですね。それにしても瀬野先輩、さっきはいきなり空から降ってきて、本当に驚きましたよ」

面白そうに彼は笑う。

「ほ、本当は格好良く飛び降りる予定だったんですのよ」

「いえ。むしろ、今回の方が怪我しなくて良かったかもしれないですよ。でも先輩って、本当に聞いていた噂とイメージが全然違うんですね」

「そ、そうかしら、おほ、ほほほ」

視線をずらして、最後だけ上品そうに笑ってみた。

うん、とりあえず話を逸らそう。

「あの、聞いても良いかしら……。先ほどの彼らとはどんな繋がり？」

「俺の父さん、村崎さんのお父さんの会社の下請けをやっているんですよ」

「そう……」

家族の事を思って、彼は卒業まで耐え続けるつもりでいたのだろう。だから抵抗一つしなかった。

「ずっと我慢してきたんです。仮に彼らが何も変わらなくても我慢しますよ。これからも」

でもやっぱり今日は少しスッとしましたと彼は笑った。

「……あなたはお強いのですね」

「え？」

彼は目を見張ると、ふっと表情を緩く崩した。

「そんな事を言われたのは初めてです。むしろ先輩の方が余程強いですよ」

「いいえ。これは私の、わたくしの力ではないから……」

そう、瀬野優華さんとしての力があったからだ。これは私の力などではない。

しかし彼は首を振った。

「そんな事はないですよ。権力があっても何もできずにいる人は少なからずいます。でも先輩は勇気を持って俺を助けてくれた。その勇気が先輩の力です。本当にありがとうございました」

そう言って笑みを向けてくれる彼にどこか救われた気がした。

7. 犯人判明は突然に

本日は暗くて重そうな雨模様の雲で覆われている。

私が優華さんになってからこっち、ずっと晴れ続きだったけれど、今朝の天気予報では午後から雨が降り出すらしい。そしてこれが梅雨入りの日となるだろうという話だった。

そう聞いてしまうと、何だか周囲がじめっと重い雰囲気として感じられ、そしてなぜか心がざわめき、落ち着かない気分になるから不思議だ。

さらに現在の捜査状況も行き詰まりを感じていたところにこの天気で、思わずため息を吐いてしまう。

あの音楽室での一件から犯人捜しの方には特に進展はなく、二日が過ぎていた。

状態が停滞を起こす中でも、優華さんがクラスメートに受け入れられて行くように尽力はしていたおかげもあって、今はクラスメートとの会話も増えてきている。

最初に挨拶をしてくれたクラスメートは、以前、庭で絡まれていた女子生徒の従姉妹《いとこ》だったらしい。

教室で交わされる噂とは違う優華さんの姿に、はじめ従姉妹さんの言葉を自分の中でどう受け止めていいのか分からなかったと言う。

しかしここ最近の優華さんの姿を見て、噂に踊らされるのではなく、自分の目で確かめてみようと決死の思いで挨拶してくれたらしい。そして彼女は従姉妹を助けてくれてありがとうとお礼を言ってくれた。

あ、でも決死の思いだったのですね。……それはこちらこそ大変ありがとうございました。

それにしても世間って狭いのね。いや、実際この世界は狭いか。

――そう、狭いはずなのにね。

件の方はすっかり鳴りを潜めているのは、どうしたものか。待てば海路の日和《ひより》ありと言うし、今は我慢のしどころかもしれない。

もちろんその間も毎朝、紺谷氏に挨拶を交わしたり、軽く逆ストーキングを実行してみたりと報復にも余念はなかったですけどね。それにしても彼は毎日のように違う女性を連れていて、ホントよくやるわ。

悠貴さんが言うには、色んな人と付き合っているのは結構振られもしているからみたいだよとの事だ。

そりゃ、あんなに軽薄だとすぐ別れを言い渡されるでしょうよと呆れた。


屋上にて昼食を摂っていると。

悠貴さんが、調べていた情報が整理できたので報告するよと若干表情を曇らせてそう言った。それと頼まれていた物も揃《そろ》ったからと私に書類とそれに関する連絡先の電話番号を渡してくれたので、ぱらぱら見ていると、彼は意外な人の名前を出した。

「実は高岡《たかおか》すみれさんの事で新しいことが分かったんだ」

「え？　高岡さんの事？」

ああ、そう言えば調べてもらっていたんだっけと書類から顔を上げると、悠貴さんはますます冴えない表情をしていた。

「……残念だけど、彼女も家の関係で優華に近づいた一人だったみたいだ」

彼女の父親は瀬野グループ傘下の大手企業の社長だが、ここ数年、業績不振に悩んでいたらしい。そこで、幸運な事に自分の娘と優華さんが同年代だったため、高校入学を機に優華さんに近づくよう指示したのではないかと言うのだ。

……なるほど。悠貴さんが優華さんの事を思って、苦い表情をするわけだ。

「優華はそれをどこかで知ったんじゃないかな」

「ああ。それで早紀子さんの話に繋がるのね。家の権力目当てなのは分かっていたけど、あしらうのは面倒だから私こそ友達のフリをしていたんだっていう話だっけ。あれはやっぱり彼女の事だったのね」

……あれ？　でも早紀子さんから聞いた話とどこか若干違和感があるような。早紀子さんはあなたも権力目当てだろう、と言っていたんだっけ？　あれ、どっちだっけ？　まあ、伝言ゲームで言葉は変わってしまう事が多いけれど。

「……そうだね」

だから、おそらく優華を突き落としたのは彼女だよと言い難《にく》そうに悠貴さんは続ける。

「あれから色々調べてもらってみたら、彼女があの日、あの現場からそっと立ち去るのを見た人がいると言うんだよ」

「え⁉」

「僕がすぐさま駆けつけた時は敬司や先生の他に騒ぎを聞きつけて数人生徒が集まっていたから、どこかに身を潜めていた彼女は人に紛れて出て行こうとしたんだろう」

あの現場は普段、あまり使われない教室ばかりだ。そんな所へ優華さんが足を運んだのも理由は分からないが、さらに偶然高岡さんが同じように足を運ぶという事はきっと少ないだろう。だったら優華さんの跡をつけていたとしか考えられない、と言う事か……。

「彼女はきっと逆恨みしてしまったんだろうね」

「でも何故今になって？　もっと前の話でしょ、彼女と言い争って別れたのは。それに彼女と初めて会った時、本当に心配しているように見えたわ」

薫子様のように心配しているフリには見えなかったと思うんだけどな。何だか涙目のように見えたし……。

「最近いよいよ会社が危なくなっていたらしくてね。彼女の父親が金策に走り回っていたらしい」

……ん？　なぜ過去形？　そう尋ねると、悠貴さんはため息をついた。

「瀬野グループが動いたんだよ。それまでの功績もあったから再建案は以前から出ていたみたいだったけど」

「もしかして優華さんが階段から落とされた日と再建案が可決された日は同じ日だったとか？」

「……不幸な事にね」

会社が助かったのだと父親から聞かされた時、自分がしでかしてしまった事の大きさに気付いたのだろうか。ああ、だから入院している時にお見舞いに来たいと言ったのか。そして翌週、事故前の記憶を持たない私が何もその話に触れなかった事で、自分の心の内に仕舞ってくれた、秘密裏にしてくれたのだとすみれさんは思ったのだろうか。

そうだとしたら……。

「どうしたらいいと思う？」

「僕はそんな彼女と付き合って欲しくないと思う。ただ財閥家側から考えるなら、表面上は友達づきあいを続けるよう言われるだろうね。何かあった時に切り札は多い方がいいから」

それ、要は脅しのネタですよね？

「分かったわ。明確な証拠もないし、脅しのネタとして使えるかどうかは分からないけれど。犯人が分かっただけでも良かったわけだし」

「脅しのネタじゃなくて、手持ちの切り札としてだよ」

訂正しなくてもよいのよ。どちらも大きな違いはないのですから。むしろ本音を私が言ってあげたんだい。

それにしても犯人が見つかる時はあっけないものね。これから彼女との関係は、本当の意味での修復は難しいだろうけれど、とにかく今は犯人が判明した事を感謝すべきなのだろう。

それでも何となく残る後味の悪さに私はため息を吐いた。

とりあえず優華さんの事故（事件？）の件が一段落したところで、まだ残っている問題を片付ける事にしよう。

本日の授業が終わって部活の時間が始まった頃、私はある教室に足を向けて歩き出した。

「……あ、雨」

歩きながらふと窓に目を向けるといつの間にか、しとしとと雨が降り出していた。

これで梅雨入りとなるわけだ。窓から下へと視線を落とすと、数名の生徒が雨に打たれて慌てて校内に走り込む姿が見えた。

しかし帰りはと言えば、学校と寮との間はひさし続きとなっている通路があるから、雨に打たれる心配はいらないだろう。何もかも至れり尽くせりの学園である。こんな所に三年間もいたら、私など怠《なま》け者になってしまいそうだ。

そう思いながら、私は止めていた足を再び前へと進める。

あ、しかしですよ。雨空を見上げて帰りを思案する女子生徒に男子生徒が傘を貸し、自身は鞄を頭に走り去る姿を見て、きゅんとする恋愛フラグが立たなくなってしまうではないか。いやいや。そもそも、寮がある時点で駅まで一緒に帰るという嬉し恥ずかしイベントができないじゃないですか。

何という恐るべきフラグクラッシャー学園！

などと、つまらぬ事を考えているといつの間にか薫子様の教室を通り過ぎていた。私は慌てて引き返す。

「薫子様、ごきげんよう」

私は薫子様の教室まで足を運ぶと、彼女をクラスメートに呼んでもらった。

優華さんがこの教室を訪れるのが珍しいのか、人を呼び出す優華さんが珍しいのか、教室がざわめく。

私は人寄せパンダではないぞ。

「ゆ、優華様？　ご、ごきげんよう」

「ごきげんよう。薫子様、今、お時間少々よろしいでしょうか」

彼女から離れた後方で、取り巻きの方々が心配そうにこちらを窺《うかが》っている。

ああ、薫子様と同じクラスだったのね。……何でしょうかね。また私が取って食おうとしているとでもお考えでしょうか。

「え、ええ。構いませんが」

「ありがとうございます。では、少しそこまで顔貸して頂けて？」

私がにっこり笑うと薫子様は、か、顔貸して？　と引きつった表情をなさった。

……あ、言葉選びに失敗したようだ。


薫子様のお連れの方にはご遠慮頂いて、私は彼女を連れ出した。向かう先は有村さんのいる美術室だ。

「あの辺りをご覧下さいますか？」

指し示したのは少し膨《ふく》れっ面して頬を染める有村さんと佐々木君が話している姿。

おーお、今日も相変わらずツンデレしちゃっているわね。可愛いなぁ、もう。

「あの通り、彼女はあの彼が好きなのです。なのに眉目秀麗《びもくしゅうれい》、文武両道の男性をお断りして以降、今、彼女の取り巻き化している彼らに興味本位で逆にいつもつきまとわれているんです。誰が先に彼女を落とすかとね。有村さんはどちらかというと被が――」

「な、何てこと……か、彼女は」

話を上の空で聞いている薫子様に気付いて私は彼女を見ると、薫子様は口を押さえて震え出した。

ヤバイ！　もしや有村さんがツンケンしているように見えた⁉

本性はあれだったのねと言い出しかねない。

「か、薫子様、ち、違うのですよ？　あれはツンデレと言いましてですね。好きな人の前だ――」

「可愛いですわっ！」

「……へっ」

「何て可愛いの。有村さんってツンデレだったのですね！」

あ、ご存じでしたか……。

ほっと胸をなで下ろした私に、薫子様は視線を向けた。

「それで何ですって？」

「……そうですね。では場所を移して、ゆっくりご説明しましょうか」

私は美術室近くの空き教室に薫子様を誘うと、有村さんのこれまでの経緯を全て話した。すると薫子様は憑《つ》き物が落ちたように、大きくため息を吐いた。

「そうでしたか。彼女はわたくしには何一つ言い訳なさらなかったわ」

「ええ。言い訳すれば火に油を注ぐと思われたのかもしれません」

「……そうですわね。わたくしならそう思ったでしょう。自分の未熟さが嫌になりますわ」

そう言って、しゅんとする薫子様は何だか年相応の悩める高校生のようで可愛く思えた。

「まだ……大人にならなくてもよろしいのではないのでしょうか」

「え？」

私の言葉が優華さんの心にも届いてくれているといい、そう思いながら。

「わたくしたちは財閥家の子供で小さな頃から英才教育を受けて参りました。誰かにつけ込まれないように、隙を見せて家に迷惑をかける事がないように、知識やマナーを叩き込まれ、対人教育を受けてきました。けれどわたくしたちはまだ高校生なのです。一般の学生のように間違ったり、挫折したり、泣いたり、笑ったり、恋をしたり、青春を謳歌したりする権利はきっとあるはずです」

薫子様は目を見張ると、やがてふわりと微笑んだ。

初めて彼女の素顔を見た気がした。

「そう、そうかもしれませんわね」

「それに学生の時代に一度は失敗を味わっておかないと、大人になって挫折から立ち直れない人間になってしまいますわよ。純粋培養ばかりが正しい教育ではありません」

「ええ、そうね」

じゃあ、有村さんやあなたは強かな人間になりそうね、と自嘲《じちょう》するように笑った。

あらあら、自覚はあったのね。

「ただ薫子様、あなたは意地悪だけでなさったのではないとわたくしは思っております」

なぜなら有村さんと話した時、薫子様に対して悪い事は何一つ言わなかったから。もちろん有村さんが我慢して言わなかっただけかもしれないけれど。

そう言うと、薫子様は小さくため息を吐いた。

「わたくしは泣きつかれたのですわ。婚約者が一人の女子生徒に執心していると。きっと婚約者は騙されているのだと」

「いつも周りにいらっしゃる方にですか？」

ええ、そうですわと彼女は頷く。

薫子様って、人を従わせているように見えたけれど、意外と仲間意識が高い人なのね。

「彼女の立場からしか見られなかったわたくしは本当に愚かでしたわ。有村さんにはお詫びを申しに参ります」

そして自分の非を認め、謝る力も持っている。影響力のある彼女と和解できれば、これからきっと良い方向に動くに違いない。

「ご理解頂いて、ありがとうございます。それと……薫子様。わたくしの事をお嫌いですよね？」

「な、なぜっ？」

明らかに動揺を見せる薫子様。

私は腕を組み、顎をくいっと上げて薫子様の物言いを真似して言ってみた。

「あの女は権力を笠に着て忌々《いまいま》しいっ。怪我したからと言って、見せつけるように急に二宮様にベタベタ寄り添っていやらしいですわっ」

「……っは、は、はへっ⁉」

だから、そこの淑女。何て声を出しているのですか。

そして私は続いて、ぽんと手を打った。

「ああ、そうそう。お言葉を抑止しようとなさった取り巻きの方にこうもおっしゃっていたかしら」

今度は嘲笑《あざわら》うかのように、手の平を立てて口元に当ててみせる。

「心配なさらなくても大丈夫ですわ。ここに告げ口できるような人間などいやしませんから」

トイレの個室内で話を聞いただけだから、ポーズは完全に創作だが、そう遠くもないだろう。

「あ、う、あう、あの、あの時……」

あうあうおっしゃる薫子様に笑みを浮かべながら、さて突然ですが、と言ってピシッと人差し指を立てた。

「ここで問題です！　親の権力を笠に着ているのは果たしてわたくしでしょうか、それとも薫子様でしょうか。どうぞ、お答え下さい」

「うっ！　う、うぁ……ご。ご、ごめんなさぁい……」

薫子様はがっくりと項垂《うなだ》れてしまった。

あはははは、何か可愛い。

「薫子様、謝罪は確かに受け取りました。顔をお上げになって。それでわたくしの事情も知って頂こうかと思いまして、ある方をお呼びしたいのですが、よろしいですか？」

「え、ええ。分かりました」

まだ動揺している薫子様から了解を得ると、私は連絡先を交換していた柏原さんを携帯で呼び出す。そして私は婚約者騒動、今噂されている自分の悪評判も濡れ衣だという事について話をした。

「事情は分かりましたわ。本当は優華様と二宮様が婚約者だったのですね」

「ええ。大人の事情で厄介な事になりましたが」

「あなたも災難でしたわね、柏原様」

薫子様がそう言うと、柏原さんはただ困ったように微笑した。

ずいぶんと控えめな子ね。確かに柏原さんが優華さんを貶《おとし》めた犯人のように言った時、江角氏が怒ったのも分かる気がする。もちろん、だからと言って彼が優華さんにしようとしたことは許されることではないけれどね。

私は薫子様に向き直った。

「薫子様、どうぞお願い致します。この事は卒業まで内密にしていては下さいませんでしょうか」

「……わたくしも財閥家の娘ですわ。わたくしたちの一挙一動が家に与える影響は少なからずあるという事を存じております。それなのになぜこのような事をわたくしにおっしゃったの？」

「それは……薫子様に気兼ねなく、わたくしは悠貴さんと、柏原さんは江角さんとイチャこらしたいからですわ」

私は再びビシっと人差し指を立ててにっこり笑うと、薫子様はぽかんと呆気に取られた顔になり、柏原さんは顔を真っ赤にした。

「わ、私はそん、そんな事はおも、思っては――」

「あら、思っていないんですの？」

嘘、嘘、うそおっしゃいと、疑わしそうな瞳で見つめてみる。

「えっ⁉　……お、思っては、なくは……ないです」

「そう、そうですわよね。柏原さんもイチャこらなさりたいのね！」

「そ、そんなっ⁉」

慌てふためく柏原さんに薫子様は、ふ、ふふと小さく笑う。

そして。

「ふ、ふふ、ふ、はっ……あーはっははははっ！」

薫子様は上品な笑いから一気に無邪気な高笑いをなさって、今度はこちらがびっくり目を丸くした。

「面白い方ね、優華様。こんなに大笑いしたのは何年ぶりでしょうか」

彼女は笑いの涙を浮かべ、その涙を拭《ぬぐ》いながらそう言った。

「分かりました。この薫子、君島の名前を掛けて必ずやお約束致しますわ」

「……ありがとうございます、薫子様」

そして私たちは三人手を取り合って、破られることのない女の約束をした。

しばし三人でガールズトークを楽しんだ後、お開きとなった。そして二人が部屋を立ち去るのを見送り、私は教室に残った。まだここで用事があったからだ。

部屋がすっかり静寂を取り戻した時、私は言った。

「あなたもガールズトークにお誘いすれば良かったわね。いらしたら」

「……気付いていたのですか」

カタリと小さく音を鳴らし、彼女たちと入れ替わりに教室の入り口に立ったのは情報屋の羽鳥蘭《はとりらん》子《こ》さんだった。

8. 羽鳥蘭子の事情

教室の入り口に立っている羽鳥さんに笑みを向けた。

「なぜ……分かったのですか」

彼女は素直に戸惑いの表情を浮かべて尋ねてくる。

あらあら、情報屋さん。あまり感情をそのまま出さない方がいいのではなくて？　ああ、それに関しては自分にも言えることかな。

私は少し苦笑した。

「なぜと言うより、秘密裏にしたい事でも壁に耳あり障子に目ありの世の中ですわ。あなたなら、どこからか窺っているのではないかと思っただけですの」

椅子を勧めると彼女は座りながら、そうですかと言った。そして私はすぐ隣の席に座って向かい合う。

「それで単刀直入に申し上げますけれど、先ほどの会話はオフレコにして頂けないでしょうか」

「もし……断ったら？」

私は悠貴さんより受け取った調査資料を鞄から取り出して、バサリと自分が座る席の机の上に置いた。

彼女は怪訝《けげん》そうに一瞬視線をその書類に移し、そして私を見つめた。

「羽鳥蘭子さん……いえ。大手新聞社を始め、テレビ業界にも幅を利かせるマスコミ業界の一つ、成田グループのご令嬢、成田蘭子さん」

そこまで言うと彼女は眉をひそめたが、私は構わずに続ける。

「この学園に潜入させるために、マスコミとは一切関係を持たない遠縁へと、幼少の娘を養子に出すまでなさるだなんて、なかなかビジネスライクなご家庭のようね。それと……成田家から援助を受けているのかしら、羽鳥家は」

羽鳥蘭子さんの背景があまりにも気になったので、悠貴さんが婚約者問題の件で実家に帰る時に詳細な調査依頼を瀬野家にお願いして来てもらったのだ。

こういうのは人脈が広いプロに調べて貰うのが一番ですからね。学生にできる範囲なんて所詮、知れているもの。

「……よく調べられましたね。学園でもそこまでは調べがつかなかったようなのに」

「わたくしを誰だとお思いですか？」

「それも……そうですね」

諦めたように彼女はため息を吐く。自分に興味を持たれてしまったのが痛かったですね、と。

「学園の情報屋だったのに、むしろ今まであなたに誰も注目しなかったのが奇跡だったくらいですわ」

彼女は言う。以前も言った通り誰も自分自身に興味が無かったのと、依頼内容が学生ならではの色恋沙汰がほぼ占めていたからだと。どこの学校にも新聞部くらいある。学園側にもあれと同じレベルだと思われていたはずだと。

そうね。どこの学校にもある新聞部レベルだったら学園側も黙っているでしょうね。けれど。

「けれど……政治経済界を左右させる要人の子供たちの失態ネタをあなたがお家のマスコミ関係者に流していると学園側が知ったら、あなたはどうなるでしょうか。いいえ、それよりもライバルである他社のマスコミに娘をスパイとして潜入させている事実が知れ渡ったらどうなるでしょうか」

私の心ない脅し文句に彼女はただ視線を落として黙っている。

だが、こちらも引くわけにはいかないのだ。

私は息を吐いた。

「おそらく来年。わたくしたちが卒業する来年には、二宮家と婚約発表をするでしょう。マスコミ各社が入ることにもなるでしょう。その時にあなたのお父様の会社を優遇しますわ」

「……え？」

羽鳥さんは顔を上げる。

「だから今は内密にする旨《むね》でご家族の方に交渉して頂けないでしょうか」

彼女は心底分からないと言った表情で、なぜと尋ねた。

「今……私がこのネタを上に流す事より、瀬野先輩が私の事を学園と他社に暴露する方が影響力はあまりにも大きいです。それに本当に情報を止めようとしたら、簡単に抑えつける事ができるほど、瀬野家は強大なはずです。それなのになぜこの取引を持ちかけるのですか」

確かに多少の傷はついたとしても、瀬野家が受けるダメージはそう大きくはないネタではあるだろう。そして瀬野家なら握りつぶすことも可能だろう。

彼女が疑問に思うことも分かる。

「そうね、一つはわたくしと悠貴さん、そして柏原さんがあと一年平穏無事に過ごすのを望んでいること。そしてもう一つは……」

私はところでと話を切り替える。

「あなたは本当に望んで情報屋をしているのかしら？」

「……え？」

「学生同士の可愛らしい情報の売買はともかく、重要な情報によって誰かの今の生活を根底から覆す羽目になるかもしれないのに、素知らぬ振りして学友として生活できるのかしら。それとも成田家の娘として、誰かを傷つけようともそんな事は厭《いと》わないのかしら」

「……っ！　あいっ、つらと一緒にしないでっ！　私はっ、私は成田の娘じゃない！」

彼女は憎々しげに、そして血を吐き出すように叫んだ。

「そうよ！　私を捨てた成田家に対して愛情も誇りもないわ。私の家族は羽鳥家だけよ！　自分たちがこの学園に私を放り込んだくせに、恩着せがましく羽鳥家に援助しているような言い方をして。あいつらのやり方には虫酸《むしず》が走るわっ！」

彼女から憤《いきどお》りを含んだ感情の波が怒濤《どとう》の勢いで吐き出される。

娘が羽鳥家を想うその気持ちまで利用しているのかと思うと切なくなった。

「……そう。それを聞いて安心したわ。取引を持ちかける理由のもう一つはね、あなたにも学園生活を楽しんで欲しいことだから」

羽鳥さんを警戒すると私が言った時の彼女の瞳はとても悲しげだったものね。罪悪感を覚えたわ。

「え？」

眉根を寄せる彼女に私は机の上の書類を手に取った。

「ということで、この資料はあなたではなくて成田様に直接買って頂くことにしますわ。代金はあなたの在学中の二年間よ」

「え、どう、いう……」

羽鳥さんはいよいよ分からないという表情を見せ、私はそんな彼女に小さく笑いかけた。

「今後わたくしに何かあってもあなたはそれに一切関知しない、上に報告しないという事よ。それだけではなくて成田家から命令された情報収集の任務の全てを放棄《ほうき》し、あなたはただの学生として高校生活を過ごす事になるの。もちろん学園で情報屋を続けても構わないですわ。でもそれは学生内の問題だけね」

瀬野家としても未熟な孫娘が気兼ねなく高校生活を送ることができるなら万々歳だという回答も頂いている。

さすが『お祖母様』、この資料で『孫娘』がどう動くのか察していたのだろう。そして意外にも理解があったのねと驚いたものだ。交渉は実家の方でやってもらう事になるだろう。

「どうして私のために……？」

「格好良く、理由なんてないわと言いたいところだけれど……。『強きをくじき、弱きを助ける』。権力を持つ者はいつの時代でもそうであって欲しい……切にそう願うからですわ」

心からそう思うこの言葉はもしかしたら自分にとっても重い言葉なのかもしれない。

彼女はこちらをじっと見つめ、そしてやがて深々と頭を下げた。

本当は世間に暴露されるのもいいかもしれないと一瞬思ったと言う。自分を仕事道具としてしか見なさなかった成田家への報復ができると。でもたとえ二年間でも、一番重要な時期に彼らの思惑を無にできた事に少しは報復できたかと気が晴れたと笑う。事が大きくなりすぎると、きっと羽鳥家に迷惑をかけてしまうから。

彼女は少しだけ悲しそうにそう言った。

「ねえ、羽鳥さん。少しぐらい家族に迷惑をかけるのは子供の特権ですわよ」

「え？」

「この調査をしてあなたのお家にご訪問頂く際にね、調査員の方にあなたの学園での現状をご両親に伝えて頂くようお願いしたの。それをお聞きになったご両親はお心を傷め、娘を守るためなら成田家とでも戦いますと涙ながらにおっしゃったそうよ。そして弟さんはね、あなたの事を僕が守ると息巻いていたそうよ。……あなたには帰る場所がある。あなたを愛し、共に戦ってくれる人たちがいる。良かったですわね」

羽鳥さんはその言葉に目を見開くと、光輝くような滴《しずく》をいくつもいくつも零《こぼ》した。

私はハンカチを差し出すことすら忘れて、彼女の美しい涙をただ眺めていた。

「すみません、ハンカチをお借りして」

「構わないですわ」

私もようやくハンカチを差し出す事を思い出して羽鳥さんに渡すと、それを切っ掛けに彼女も落ち着いたようだ。

「じゃあ、そろそろ帰りましょうか」

「はい」

そして私は教室を出ようとした時、瀬野先輩、とためらいがちに羽鳥さんから声を掛けられる。

「あの、高岡すみれ先輩の事ですけど……」

「え？　すみれ様？」

「高岡先輩は……この学園の教師と恋仲です」

「……ん？　……んんん？」

私はパチパチと目を瞬《またた》いた。

えーっと、何が言いたいのかしら？　……いや待って。と言うか、教師と付き合っているですって!?　青少年保護何とか条例で教師と生徒の恋は禁じられているのでは。

ようやく事態が飲み込めた私はどういう事か尋ねた。

「恋仲になった経緯は省きますが、つまり私が言いたいのは、高岡先輩は学校で教師と密会しているのです。密会の場所と言えば、滅多に人が立ち寄らない場所ですよね」

「それってつまり……」

「ええ。その場所は瀬野先輩が階段から落ちた場所の近くです」

あの日、駆けつけてくれたのは紺谷氏と悠貴さん、数人の生徒、そしてたまたま通りかかった先生。

「新部先生……？」

私が登校初日の時に真っ先に出会った先生だ。

羽鳥さんはこくんと頷く。

「おそらくあの日も高岡先輩と密会中だったのではないでしょうか。そして声か音かを聞いて、駆けつけたのでは」

そして高岡さんは騒ぎに紛れて、こっそりとその場を立ち去る。

……え、ちょっと待って。それじゃあ、高岡さんは教師と密会していただけで犯人ではない？

「最近、二宮先輩が瀬野先輩の事故を調べているご様子だったので、何か情報の足しになればと思いまして」

「……あ、ありがとうございます」

「先生からはさすがにお話を聞けないでしょうけれど、高岡先輩からならお話し頂けるかもしれません」

もう一声欲しい。何か見落としている気がするから。彼女は他に何か知っているだろうか。

探りを入れてみよう。

「わたくしたち、仲違《なかたが》いしていますのよ」

「それは先輩が自分の噂に高岡先輩を巻き込みたくないから、おっしゃったのでしょう？」

噂に巻き込みたくない。そうか、だから優華さんはわざと相手を傷つけるような事を言って遠ざけたのか。あるいは高岡さん自身、身に覚えがあったから否定できなかったのかもしれない。

「でも、どうしてあなたにそんな事が分かるの」

「それは……」

羽鳥さんは気まずそうに言った。

「それは先輩が高岡先輩と別れた後、ごめんなさい、傷つけてごめんなさいと呟いて泣いていらっしゃったから」

「……っ！　そ、それ、あなたは見ていたの」

「はい……すみません。でも、高岡先輩は瀬野先輩の事を分かってくれていたのだと思います」

じゃあ、やっぱり早紀子さんの言葉の方が正しかったんだ。

確か早紀子さんは『どうせあなたも家の権力目当てだろう』と聞いたと言っていた。もし悠貴さんが言っていたように権力目当てだと優華さんが知っていたならば、『目当てだったのね』と確定して言っていたはずだ。

だけど高岡さんを傷つけた事で優華さんは泣いていた。だから少なくとも仲違いした時には、優華さんは高岡さんの裏事情を知らなかった事になる。

語尾のほんの少しの違いだけれど、言葉のとらえ方がずいぶん変わってくると思う。

深みにはまって考え込んでいる私に、羽鳥さんは情報屋としては依頼主の名前を明かす事は信用に関わることなので当然御法度《ごはっと》なのですがと、おずおずと話し出した。

「実は高岡先輩に瀬野先輩が泣いていた事を告げました」

「は、はいぃっ⁉　なぜ⁉」

「高岡先輩は瀬野先輩の事を心配されていました。私に何とか瀬野先輩の力になって欲しいと依頼されたのです。それで思わず先輩の気持ちをお伝えしてしまいました」

前にも思ったけど、お喋《しゃべ》りは情報屋としてどうかと思うわよ。しかしそうなると高岡さんがその後、優華さんの言葉で逆恨みするのは動機が若干弱まった気がする。

……いえ、高岡さんが優華さんの噂について心配していたなら、なおさら優華さんは自分の事が腹立たしくて突き放したなどとは思わなかったはず。

それに私があの時感じた言葉は殺意を感じるほどのかなり強い憎しみが込められていた。一時の感情に駆られて、衝動的に行ってしまったようなものではなかったと思う。

もちろん人の心なんて、その時々でどう転ぶか分からないものだ。ただ、あの日、高岡さんが新部先生と一緒にいたことが分かれば、明確なアリバイにはなるだろう。話すリスクが高い内容ならなおさらその信用度は高まる。

「私は情報屋なのでそれ以上の事はできませんと言ったら、ではあなたが情報屋である事だけでも明かして欲しいと。そうして私は瀬野先輩に近づきました。後はご存じの通りです」

いや、ご存じではないのですが……。でも心配をしてくれるような人が階段から突き落とすような真似をするはずない。そう信じたい。

しかしそうなると、つまり振り出しに戻ったというわけ？　でもなぜかほっとした気分の自分がいる。彼女であって欲しくないと思っていたからだろう。

「そう、話してくれてありがとう。すみれ様とお話ししてみますわ」

「はい」

彼女は頷くと一つ息を吐いた。

「……先ほどの自由にして良いというお話ですが……、今の情報屋は成田に強制されて始めたものでしたが、二年の全てが辛かったわけではないんです。私の情報で結ばれたカップルがいて、感謝されたりもしたんですよ。私の情報で誰かを幸せにすることもできたんです」

羽鳥さんはその時、彼らから幸せのお裾分けをしてもらったのだろうか。とても良い笑顔を浮かべている。

「だから私はこれからも、いえ、今度は私の意思で情報屋を続けます。そして私の情報が誰かを傷つけるものではなく、誰かと誰かを繋げるものになるように情報屋として精進したいと思います」

「……そうね。あなたにはその方が性に合っていますわね。ありがとうございます、羽鳥さん」

彼女は、それは私のセリフですと、改めてありがとうございましたと微笑した。


「はい、お願い致します。――いえ結構です！　ではではっ」

私は羽鳥さんと別れた後、瀬野家に交渉を進めてもらうように依頼し、瀬野家の執事さん、江藤さんとの電話を切った。

念のため、悠貴さんが連絡先を教えてくれておいて良かった。しかし、江藤さん。大奥様とお話しになられますかって、止めてよね。慌てて切ったわ。

さてとそれでは、気を取り直して現場百遍《ひゃっぺん》といきますか。捜索に行き詰まった時は何度でも現場を訪れて丹念に調べるべきだとか、何とかと言うし。


ということで、私は現場を訪れてみた。

とりあえず付近の教室を捜索してみようか。一番近い教室は実験室2の教室か……。

近年、学生の人数が減って、現在はこの部屋はほとんど使われていないらしい。

ああ、そう言えば、新部先生は化学の先生だったわね。なるほど。ここでビンゴだろう。

初めて会った日、先生はたまたま通りかかったと言っていたが、素直にこの化学室にいたと言っても不自然さはなかったはずなのに、言い訳混じりに咄嗟に出た言葉だったんだろうな。

ただ、ここだと廊下から窓を通して中が見えるから、密会には向かない。となると、その横の個室の準備室か。ここなら廊下からの扉にも窓はなく、外からは見えない。

一応、ドアノブにも手を伸ばしてみたが、やはり鍵が閉まっていた。

まあ、密会の場所を探索したところで得られるものはないだろうし、階段の方をもう一度調べてみようか。

そう思って階段へと歩いていたら、背後から人の気配がする。またか……。

私はため息を吐いて振り返った。

「紺谷さん、あなたも懲《こ》りない方――」

「……あなたこそ、懲りない方ね、瀬野優華」

氷のように冷たい瞳でこちらを見つめる彼女に私は目を見張った。

「あ、なたは……」

9．犯人は現場に戻る

犯人は現場に戻ってくる。デカ長！　やはりデカ長の言葉は正しかったです……などとドラマ気分に浸っている場合ではない。

辺りは私たちの他に人影はなく、静まりかえった廊下。目の前には憎しみも悲しみも全て呑み込むような深い闇の瞳でこちらを見つめてくる彼女。私の背後には階段。

たとえるなら崖の上で犯人と対峙《たいじ》している主人公といったところか。

彼女が背にする窓から見える空は、降りだした雨と暗い雲で廊下までどんより影を差し、何とも鬱々《うつうつ》としたこの場面におあつらえ向きな雰囲気だ。遠くの空では雷の音が鳴っている。

私はこくんと息を呑んでその名を呼んだ。

「あなたは……みなみ様」

彼女は薫子様の取り巻きの一人。

いつも小さく身を潜め、ビクビクしていた彼女がなぜ？

「気安く名前を呼ばないで頂きたいわ」

だって……名字か名前か、それすらも知らなかったんだもの、とは気軽に言い出せないほど、空気が緊迫している。あなたが私を突き落とした犯人？　などと問うまでもなく、間違いなく彼女がそうなのだろう。

胸の高鳴りが彼女は危険だと警告を発している。

だとしたら、ずるくないですか？　推理小説の鉄則に反しているし。推理小説ではもっと伏線があってだな、関係者の中から犯人が出るわけで、名前も明確に分からなかったモブが最後いきなり昇格して犯人ポジションってあんまりじゃない。このジャンル、一体どうなっているのよなどと流れを恨んだところで、この切迫した状況が変わる訳でもない。

それに何の裏付けも取れなかったのは結局、『その他大勢』だった。むしろ現実は非情で、こちらの事情なんてお構いなしというのが正しい姿なのかもしれない。

それでも胸の高まりと反して未だ現実味が薄く、思考する余裕がある自分はただ自覚できていないか、混乱と恐怖で感覚が麻痺《マヒ》しているかのどちらかだろう。

ああ、でもなぜ私はさっき薫子様に聞かなかったのだろう。泣きついてきた取り巻きは誰か。その彼女が始まりの可能性が高かったはずなのに。そして危険をはらんでいたにもかかわらず、なぜ一人で現場に戻るような真似をしてしまったのか。

「あなたが……わたくしを階段から突き落としたのですね」

「あら、ようやく思い出したの。あなたが学校に戻って初めて会った時、私に全く反応しなかったから、頭を打って記憶を失ったのだとは思っていたわ。それでも階段の低い場所だったとは言え、目立った怪我一つしなかったなんて悪運の強い人ね」

うっすら楽しそうに笑う彼女の容貌に、ぞくりと寒気が走った。

普通じゃない。ようやく恐怖が押し寄せてくる。何とか時間稼ぎをしなければ……。

先ほど時間を確認した時は五時半を過ぎていた。生徒会の方もそろそろ終わる頃だろう。教室に私が戻らなければ、きっと悠貴さんは探しに来てくれるはずだ。

「どうしてあなたが？　あなたとはほとんど接点なんてないはず」

「どうしてですって？　敬司さんに色目を使っておいて、どうしてですって？」

「けいじ……？」

けいじ……刑事。紺谷敬司かっ！

「私の婚約者の名をあなたが軽々しく呼ばないでちょうだい」

婚約者！　みなみさんの婚約者は紺谷敬司だったのか。でも確か彼は色んな女性と遊んでいるような人だったはずだ。

「ご、誤解ですわ。色目なんて使っておりません。私、わたくしは――」

「嘘おっしゃい！」

びしりと叩きつけるような冷たい声に息を呑む。

だが引いている場合じゃない。

「で、でも紺谷さんが懇意になさっているのはわたくしだけではなく、他の女性も……」

「分かっているわ。女性にもてる人だから何人もの女性と付き合っていた事は」

やっぱり最低最悪だな、紺谷敬司！　まして婚約者がいる身でいながら何て男だ。

「けれどね、彼女たちは本気で彼の事が好きじゃないの。私が少し注意すればあっさり去って行くんだもの」

ああ、そうか。悠貴さんは彼が振られているみたいだと言ったが、彼女が紺谷氏に近づく女性を排除していたのか。だから彼の横にいる女性は入れ替わり立ち替わり、毎日のように違ったのだ。

ただ、彼の軽薄さを考えれば、全くもって同情しがたいけど。

「何よりね、彼こそ本気じゃないの。いつも最後には私の元に戻ってくるのよ。当然よね。私こそが誰よりも彼を理解し、彼の全てを受け入れ、本当に愛しているのだもの」

いつの間にか近付いていた雷が轟く。

彼女はうっすらと笑みを浮かべた。

「私は彼のために生まれ、彼のために努力を重ね、そしてこれからも彼のために生きていくのだから」

陶然と酔いしれた表情で微笑する彼女に私の身体はひどく寒気を感じるのに、私の目には彼女があまりにも美しく映るのはなぜだろうか。

「……それなのに。いつもなら新しい女にすぐ飽きては私の元に戻って来た彼が、一年生半ば頃から変わったわ。一人の女に、あなたに執心していた。ずっと彼があなたを見つめていたのを私は知っているのよ」

それは丁度悠貴さんが留学した頃。つまり、紺谷氏は悠貴さんに頼まれて、優華さんの情報集めでストーカーし始めた頃だ。むしろ優華さんの方が被害者です。

と言うか悠貴さん、元はと言えば全部あなたのせいだったのかーっ！　くぉらーっ！　よく考えてみれば本当のストーカーは悠貴さんの方じゃないか！

一瞬怒りが恐怖に打ち勝ちそうになったが、すぐに彼女の冷たい瞳で肝《きも》が冷える。

「それだけではなく、二宮様にまで色目を使って何て汚《けが》らわしい人なの」

激高《げっこう》するでもなく、ただ深淵の瞳で淡々と話す彼女に恐怖がより増してくる。

今、瀬野家の人間である優華さんとなっている以上、言うべきではないとは分かっている。それでも思わず口にせずにはいられない。

「ゆ、悠貴さんは、に、二宮悠貴さんはわたくしの婚約者ですわ」

「妄想も甚《はなは》だしいのね。彼には柏原静香さんという立派な婚約者がいるのにもかかわらず、恥知らずにもほどがあるわ。何より私の婚約者をたぶらかした、ふしだらな女ですものね」

そう言って彼女はふと口を歪めた。

私が違うと否定しても彼女は聞き入れないだろう。全てを拒否する瞳だ。むしろ彼女の神経を逆なでしてしまったかもしれない。

何とか話を切り替えなければ。

「わ、わたくしの悪い評判を流したのは……あなた？」

「そうよ。始まりは知らないわ。けれどそれに便乗したのは確かよ。噂に翻弄《ほんろう》されてあなたが日に日に憔悴《しょうすい》していく姿、見ていてとても気分が良かったわ。顔に似合わず意外とやわだったのね」

もしかすると以前優華さんが助けたと言う女子生徒の相手の男が逆恨みしたのかもしれない。そして尾ひれを付け、悪意を潜ませた噂がさらなる噂を呼び、雪だるま式に転がり続ける内に大きくなっていったのもまた事実なのだろう。

「……あ、有村雪菜さんについては」

「ああ、彼女も既にたくさんの取り巻きがいるくせに敬司さんにまで色目を使ったから反省してもらわなくてはと思ってね」

有村さんが自ら紺谷氏に関わるはずがない。彼が彼女の噂を聞きつけ、同様に興味本位で近づいたか、優華さんがらみの噂で彼女に近づいたかのどちらかだろう。……あるいは両方か。

「でも周りの男性方がいて手を出すのは、私では難しいと思ったわ。だから君島さんを利用したのよ。彼女は私が気弱なフリして頼ると満足していたから。私が君島さんにちょっと泣きつけばすぐに有村さんの所に注意しに行っていたわ」

まあ、いつの間にか、あなたが筆頭になって苛めている事になっていたけれどね、と彼女はそう続けると嘲《あざけ》り笑う。噂なんていとも容易く曲がるのねと。

「でもね、あなただけは私の手で制裁してやろうと思っていたの。彼を狂わせたあなたをね」

狂っているのは紺谷氏じゃない。彼女自身だ。

心臓の鼓動がさらに高鳴り、額から冷や汗が流れるのを感じる。

「ねえ。あの時、警告したわよね？　彼に近づくなって」

階段から突き落とされた時ですか!?　し、知りません知りませんっ！　全然知りませんっ！　そもそも記憶を失っていたって、あなたこそ知っていたじゃないですか！

「それなのに、ねぇ？」

彼女は一歩、また一歩近づいてきて、私は後ずさりをする。

「あなたは私の警告を無視して、また彼に近づいたわよね。しかも嫌がる彼にストーカー行為までして」

も、もしや私が彼に報復していた時の事かっ!?

それは確かに私のせいだ。私は火に油を注ぐ真似をしていたのか。

「頭の悪い人間にはもう一度身をもって知ってもらわなくてはねぇ？」

「あ、あなた、気は確か⁉　こんな事をしてただで済むと思っているのですか⁉」

「彼を愛した時に、私と彼の間を妨げる障害物は全て取り除くと誓ったの。あなたは……障害物よね？」

じりじり下がる私には、もはや逃げ場はなかった。迫る彼女に私は手を打つことができない。背中に流れるじっとりした嫌な汗が現実を呼び起こさせる。辺りは先ほどと変わらず静寂を帯びている。

ヒーローが来る気配はない。現実には誰も助けてなんてくれない。

深閑とした空間の中で、自分が呑む息だけがいやに響き、孤独を感じさせる。

そう、ヒーローなんて幻想だ。負け犬には誰一人、手を差し伸べてくれる人間など存在しない。ただの小さな駒にしかならない私がいなくても世界は回る。私が消えても世界は素知らぬ顔して明日を迎えるのだ。

なぜかそんな気持ちに襲われて背中に寒気が走った。

「あな――ばいいいっ」

「……え」

不意に激しくなった雨が窓を強く叩きつける音に気を取られ、彼女の言葉を聞き逃す。

そう、雨は全ての音をかき消す。笑い声も怒鳴り声も叫び声も、そして泣き声も皆、平等に。雨は全ての声を残酷なほど平等にかき消すのだ。

あの日もそうだった。激しく地面に叩きつける雨は自分の泣き声を消して、誰にも私の声は届かない。

この世で私はただ一人……。土砂降りの中、ただ一人私は歩く。冷たい雨は自分の体温を情け容赦なく奪いながら。

その時。

雷が激しさを増し、空を真っ白にすると耳をつんざくような鋭い雷鳴を立てた。

「きゃっ！」

思わず目をつぶり、耳を塞ぐ。

土砂降りの雨、真っ白な目の前、耳障りな騒音。

あの日あの時、私は――。

頭の中で痛いほどの警鐘音が鳴り響き、鼓動が高まった。


やめて！　駄目よ、お願いだから思い出さないでっ！


もう一人の自分が必死にそう叫んでいるのに、否応無《いやおうな》しに過去の出来事が残像となって入り込んでくる。

目の前の彼女が暗い笑みを浮かべながら唇を動かす。あなたなんていなければ良かった、消えてしまえばいいと言ったのよと。

「いなければ、消え……」

あんたなんていなければ良かった。恥さらし。さっさと消えろ。

――そう言ったのは誰だった？

消えて、消えてなくなれっ。

――そう望んだのは誰だった？

消えて、消えてなくなれば。

――そう望んだのは……。

消えて、消えてなくなればいい、わたし、なんてっ！

私なんて消えてなくなればっ――！

――そう望んだのは……わ、たし。

「いやあぁぁっ！　やめてーっ！」

私は叫んだのだろうか。それとも心の中の叫びだったのだろうか。

胸が詰まり、呼吸を激しく乱す私に彼女は動じる事なく、妖艶なまでの美しい笑みのまま、一気に距離を詰めると私の肩に手を置いた。

「さようなら、嫌われ者の瀬野優華さま。せめて最期は良い夢を見られることを祈ってあげるわね」

「っあ！」

彼女の容赦《ようしゃ》ない力強い一押しに身体が一瞬ふわりと浮かび、重力の赴《おもむ》くまま身体が傾いて、ようやく今の状況に引き戻される。

ヒーローなんて現実にはいない。だからこそ夢を見ていたかった。だからこそ自分がヒーローになりたかった。誰かのヒーローになりたかった。

なのに……悠貴さん、ごめんなさい。結局、私はまた守れなかった。優華さんを守れなか――。

「優華ーっ！」

「瀬野っ！」

悠貴さんと松宮氏の切迫した声が背後で聞こえた。

間に合わない、そう思った時。

一際強く、場を明るくする稲光《いなびかり》が辺りを満たしたかと思うと。

『晴子様っ！』

誰か聞き慣れた女性の声が聞こえ、救いの手を伸ばす彼女に縋《すが》りたい気持ちで必死に手を伸ばし、彼女と手を重ね合わせた瞬間、私の目の前の光景は黒く塗りつぶされた。

❖ ❖ ❖ ❖

強制的に流れ込んでくる空気に息苦しさを感じて意識が浮上する。

なのに目を開けて身じろぎしたくても、なぜか身体が重くて動かせない。まるで金縛りにでもあったようだ。私は一体どうしたというのか。


ピッ、ピッ、ピッ。


静寂な室内のどこかで断続的な電子音だけが鳴り響く。

聞いたことのある規則音に、自分の現状がゆっくりと蘇《よみがえ》ってくるのを感じた。

……ああ。なんだ。やっぱり夢オチだったのか。

動かせない身体のまま、心の中で自嘲した。

長い夢を見ていた。……夢を見ていたかった。権力は正しく使われ、正義の力で悪をばたばた倒す世の中。弱き者が強き者の理不尽に泣かなくても良い理想の世の中。

そんな世界を夢見ていたの。自分が力を持ったならば誰かを助ける人間になりたい、そう願っていた。

けれど私はそれが叶《かな》う夢の世界ですら、最後の最後には我が身可愛さに逃げ出したのだ。

私は晴子、木津川晴子、二十七歳。いくらでも替えの利く会社の駒の一つ。本当の私は権力一つ立ち向かえないただの一社員。

そう、現実では我が身の不幸だけを嘆き悲しむ、所詮何の力もない負け組の平社員でしかなかった……。

10. 木津川晴子

「おとうさん、おかあさん！　わたしね、大きくなったらしゃちょうひしょになるの！」

「しゃ、社長秘書？　ずいぶん現実的な夢だね」

幼い頃、意気揚々と宣言した私に父は苦笑し、母は楽しそうに笑った。

「あら、いいじゃないの。社長秘書になって社長のお嫁さんになるのよねー？」

「うん！　あのね。しゃちょうひしょになって、しゃちょうのあいじんになって、それでかいしゃをのっとるのよ！」

「あ、愛人⁉」

「の、乗っ取り⁉」

真っ青になる両親を前に私は得意げな顔をして言ったと思う。

「そう！　そしてわたしがよわいひとたちをたすける、しゃちょうになるのよ。てれびでゆってたもん！」

「明美ーっ！　何てドラマを子供に見せるんだぁぁーっ！」

「だ、だってこれすごく人気の昼ドラでねっ。これまた男女間のドロドロ愛憎劇がたまらないのよー」

「は、晴子！　愛人は駄目だぞ！　社長の愛人は、愛人だけは絶対だめだからなぁぁーっ！」

母の昼ドラ好きのせいか、我ながら斜めを行っていた子供時代だったと思う。けれど、昼ドラとはいえ、勧善懲悪ドラマが幼心《おさなごころ》に響いたのは、きっと同年代の子供たちが悪を倒すヒーローに憧れる感情と同じだったようにも思える。

父の泣きながらの愛人は駄目だ発言と共に成長して、そして自分が『しゃちょうのあいじん』になれる器ではない事も早々に悟ったので、地道にコツコツと堅実な道を歩むことを決意し、努力し始めた。

「ねえ、大学卒業したらどうするの？」

「私は庶務課か総務課といった普通のＯＬだろうね。晴子は？」

「んー、やっぱり秘書課希望かな」

そう言う私に友人たちは顔を見合わせて、中々大胆な事言うのねと、次の誕生日にはバストアップサプリメントと胸パッドをプレゼントするねなどと失礼な事を言われた。

就職活動の際には面接で望む部署を聞かれた時、迷わず秘書課希望を宣言した。社長秘書は幼心に憧れていた職業ですと熱意のこもった私に面接官は苦笑をしたのを覚えている。見るからに平凡な容姿ながらも、秘書課を夢見る発言の私に呆れたのかもしれない。

それでも、若手社員では難しいかもしれないが、経験を積めば秘書課に異動できるチャンスはあるだろうと面接官は笑い、そして私に採用内定を与えてくれた。

だが案の定、希望した秘書課には配属されず、なぜか支社の営業部に配属される形となった。最近では女性の協調性や親和性の性質が営業に向くと考えられて、女性社員が営業部に配属されるケースが増えてきているそうだ。

そして会社に入って五年、それなりに苦労もあったけど、充実していた毎日を送っていたと思う。少しばかりは会社に貢献できたのではないかと思うほどの経験も積んできていた。

上司はおっとりした性格だけれど、責任感があって優秀な定年退職間近の課長。仕事のできる男性社員。気の合う女性同僚。仕事は未熟でも明るくて元気な若手の社員。

女性というだけで出世が遅いのも、希望の秘書課に異動ができないのも満足はしていなかったけれど、互いを信頼し、補助し合う職場環境が良くて仕事がしやすかったのでさほど気にならなかった。

それが変わったのは惜しまれつつも今川《いまがわ》課長が定年退職し、入れ替わりになった柳原《やなぎはら》課長の就任だった。

三十歳ながらも学歴と家柄、そしてその能力の高さから課長にまで上り詰めたという新たな上司だった。まだ若く、独身でハンサムな彼は瞬く間に女性社員の心を掴み、喜びの内に受け入れられた。

「うわぁ、最悪。全部、女性社員持って行かれるんじゃないのか」

「まあまあ、あなたの良い所を見つけてくれる女性はきっと見つかるって」

「いつだよ」

「……あー、それは聞かないお約束よ」

「まあ、お前も人の事言えないもんな。悪かった」

「うっさい！」

そんな風に男性社員が色恋沙汰で泣き言を吐くくらいまでは可愛らしかったのだ。しかしいざ彼が課長の座に収まると、社員の締め付けが厳しくなった。

高いノルマを求められ、それが達成できない者は平気でさらし者にされる。さらにはノルマを達成できなかった者は自らの給料によって負担を強いられる事になる。

おそらく課長は自分の財力と権力、そしてコネに物を言わせ、実績を作ってのし上がってきたのだろう。課長が手がけているプロジェクトが難航しているのも厳しすぎるノルマに拍車を掛けていたようだ。

職場内が殺伐《さつばつ》とした雰囲気になるのには時間がかからなかった。

最初に影響を受けたのは経験の浅い若手社員。

彼らは薄給の中、さらに給料を減額され、困窮するのが目に見え始めた。そしてこのままだと夏のボーナスにも響いてくる事は間違いない。

「このままじゃ、若手社員が潰されてしまうわ。何とかしないと」

私がデスク隣の男性社員にそう言うと、彼は眉をひそめ、小声で言った。

「……手を出さない方が良い。こっちまで火の粉《こ》を被るぞ」

「何て情けない男なのよ。あなたは後輩が可愛くないの？」

「そりゃあ、俺だって後輩は可愛いと思うし、不憫《ふびん》には思うさ。だけど、仕事ができない奴はそれなりの給料になるのは当然だし……」

彼は歯切れ悪そうに言う。

「あなただって、何も仕事の事が分からない入社一年目の時があったはずでしょう？　それでも上司の方や先輩方は私たちに根気よく指導してくれた。会社はそんな風にして育ってきた社員で成り立っているのよ？」

私がそう言うも、彼はただ黙っているだけだ。

「もういいわよ。私一人で行くから」

その時の私はいつか観たドラマの主人公のように正義感に満ちていて、きちんと説明すれば課長の気持ちを変えられると愚かにもそう信じていたのだ。

今から思えば男性社員の判断は正しかった。

「柳原課長」

「何だ、木津川君」

常にノルマを達成していた私を柳原課長は和やかに迎えてくれた。

しかし奥で話したいことがあると言ったが、課長は微動だにせず、何だと問う。ためらう私に時間を無駄にするな、早く話せと促された。

他の社員の前で課長に意見するというのは体裁が悪いと思われ、極力声を抑えながら言う。

「その、最近のノルマの事ですが……。あまりにも厳しくて、経験の浅い若手社員にはとても達成できるレベルではありません。彼らだけでももう少し――」

「君は課長の私に意見するのか。随分とお偉いものだ」

課長は人当たりの良い笑みを瞬時に消して、私の言葉を遮ると冷たく笑う。

ざわめきと共に社内の空気の温度が一気に引き下がるのを感じた。

「も、申し訳ありません。そんなつもりでは……。ただあまりにも厳しいノルマが結局は社員の志気を下げ、効率を下げる事になるのなら会社利益にとって決してプラスには――」

「もう一度言う。君は課長の私に意見するのか」

「……っ！」

身を硬くして言葉を失う私を彼は冷たく一瞥《いちべつ》すると一つ息を吐き、引き出しから書類を出して机の上に置く。

「そうだな。君がこの会社と提携できるくらい優秀ならば、考えてやってもいい。もちろん君の普段の仕事は疎《おろそ》かにしてもらっては困る」

「これは……」

手に取った書類に目をやると、それは最近、赤丸急上昇中の会社――上川《かみかわ》コーポレーションとの契約で、確か課長自ら乗り出していたものだった。

普段のノルマさえ、私でもぎりぎり達成できているぐらいなのだ。それに加えて別案件を処理するとなるとその仕事量は計り知れない。

課長は何を思って私にその仕事を与えようと言うのか。失敗したら課長の責任も問われるはずなのに。何よりも営業成績を重視する課長が一体なぜ……。

「どうした。できないのか。口が達者なだけか」

課長の言葉に、はっと思考を止めた。

「い、致します。ありがとうございます」

確かに課長の言うことは道理だ。これを成功させれば、きっと私の意見を聞き入れてくれる。

頭を下げる私に対して彼はじゃあ頼むぞと手元の書類に目を落としたので、私はデスクに戻った。

この頃の社員はまだ私に同情的だったように思う。

後輩も心配そうにこちらを見つめるので大丈夫よと目で合図した。

すると男性社員が寄ってきて、眉根を寄せて渋い表情を見せる。

「おい！　こんな事になって。だから俺が言ったじゃないか」

「……とにかくやってみる。せっかく課長が与えてくれたチャンスなんだから」

けれど実際始めてみると、上川コーポレーションは酷く手強いと気付く。とりつく島がまるでないのだ。課長が動いていたのではなかったのか。

普段の業務に加えてのその仕事はかなり負担になり、休みを返上して不眠不休の日々で走り回っていた。そしてそれと同時に総務に勤務する幼なじみに何とか事情を調べてもらうようにも頼み込んでいた。

「ねえ、透子《とうこ》の年上彼氏は確かそれなりのポストだったよね。何とか調べてもらえない？　これまで取引がなかった所なのに、うちに対してはなぜかすごく頑《かたく》なだったの。もしかしたら過去に何かあったのかも」

「頼めば多分引き受けてもらえると思うけど……。でも、それより晴子、あんた本当に顔色が悪いわ。しかも随分痩せたんじゃない。ちゃんと食べてる？　ねえ、身体は大丈夫なの？」

「平気平気。もう少しなのよ。上川社長も最近は話を聞いて下さるようになってきたから。ただ事情も知っておきたいし。課長には……聞けないから」

「……課長って、柳原課長よね。最初、その課長が手がけていたんでしょ。彼が何か失敗を犯したのかもしれないわね。分かった。頼んでみるわ。でも晴子、本当に身体に気をつけてよ」

友人の気遣いを余所に私はひたすら業務に打ち込んでいた。過労からケアレスミスを繰り返す事もしばしばあったが、周りのフォローで何とか乗り切る。

そしてようやく、契約成立の運びとなった。

プロジェクトに関わるありとあらゆる情報を調べて頭に叩き込み、提案し、そして何度でも根気よく社長のもとへと通い詰めていたことが功を奏したようだ。

契約の言葉が出た時は、嬉しさのあまり泣き出して困らせてしまったぐらいだ。上川社長には君の熱意には負けたよと苦笑されたが。

そして意気揚々会社に戻り、契約がうまく行ったことを課長に報告する。

これできっと課長は私の話を聞いてくれる、可愛い後輩を助けられるとそう思っていた。

最初、課長は驚いてその報告を受けたが、やがて口を歪ませて言った。

「ほぉ。枕営業がうまく行ったんだな」

「…………え？」

何を言われたのか理解できなくて言葉が耳を抜けていく。ざわめく職場の中、理解を拒否して柳原課長の言葉が雑音の一つにも聞こえた。

「大したものだ。君の枕営業で契約が取れるとは思わなかったよ」

「な……ん」

今度ははっきり耳に届く。そして言葉ががんがんと頭の中で響いた。

課長の冷たく笑う唇がさらに動く。

「おい、聞いてくれ。喜べ！　木津川君が枕営業で、大きな契約を取ってきたぞ。男性社員はともかく、女性社員は彼女を見習ってもっと契約を取って来たまえ！　ああ、枕営業は彼女に教えを請うがいい」

職場が水を打ったようにしんとなった。

私は頭が真っ白になって反論の言葉すら出なかった。いつの間にか震えだしていた身体のせいで立っていることさえままならない。

「木津川君。戻っていいぞ」

そう課長に言われてぽんと肩を押されると、自分を支えていた最後の力まで奪われたかのようにそのまま膝から崩れた。身体中から力が抜けて動けなかった。

疲労で限界を超えていた身体には課長の言葉を受け止めるだけの力すら残っていなかったのだ。

彼は冷たく見下ろすと、私に興味を失ったように辺りを見回して、ぱんぱんと手を打った。

「さあ、皆は仕事に戻れ。……ああ、木津川君、後で報告をまとめるように」

課長がそう言うと、社内は誰も彼も崩れ落ちた私を横目で見るだけで置き去りにして、おずおずと再開し始めたのだった。


後で知った事だが、上川社長は課長の同級生だったそうだ。学生当時、課長は親の権力を振りかざし、かなり横暴な振る舞いをしたのだと言う。

やがて上川社長が起《た》ち上げた会社が大きく成長し、こちらの会社側が提携を結びたくプロジェクトを立ち上げ、初顔合わせしたところ、現れたのが課長だった事に気付いた。

課長の顔を見るなり上川社長は提携申し入れを完全拒否し、席を立ったのだ。引く手数多《あまた》の上川コーポレーションにとってはうちとの提携がなくても問題はなかったからだ。

難航していたのはそのためだった。そしてどうせ自分が手がけても失敗に終わるのが目に見えていたから、私に回したのだ。

ところが私がその契約を成立させた。課長はきっとひどく自尊心を傷つけられた事だろう。彼にとっては汚点となったのかもしれない。

そしてそれ以来、さらに厳しさは増した。とりわけ女性社員に。

何かと結果が出せない女性社員に私の事を引き合いに出しては、もっと仕事を取ってこいと締め付けた。

若手社員は震え上がり、ベテラン社員は私への風当たりが強くなった。私に近づけば容赦なく巻き込まれるだろうと男性社員は見て見ぬふりをする。廊下を歩けば、通りすがりに他の部署の人間にひそひそ話をされた。

噂は膨らみ、私を押しつぶそうとする。

耳を塞いで足早に化粧室へと逃げ込んだ先には泣いている若手社員。先輩、先輩といつも笑って慕ってくれていた可愛い後輩、島崎美紅《しまざきみく》ちゃんだった。

そんな彼女をベテラン社員が慰《なぐさ》めていた。そして私に気付くと彼女たちは一瞬にして表情を強ばらせる。

「あんたのせいよ！　あんたが余計なことをしたから余計に私たちが苦しくなったのよ。どう責任を取るつもり！」

「あんたなんていなければ良かった！」

「男と寝て仕事を取ってくるなんて恥さらしっ！」

「さっさと目の前から消えてよ！」

「先輩っ、やめっ、先輩っ！」

激高するベテラン社員を美紅ちゃんが泣きながら押さえる。

言い訳なんてできなかった。何もかも私の責任だった。ただ青ざめて震えるだけで、私は何一つできなかった。

彼女たちは私の肩に強くぶつかって、課長よりもっと上の男と寝て、課長を辞めさせるくらいの責任取りなさいよね、そういうのは得意でしょ、そう言うと出て行った。

課長は女性の扱いを心得ている。女性の敵意を私に向ければ、私を助けてくれる人間なんてもうどこにもいなくなると踏んでいたのだ。周りから固めて私の居場所を奪って行った。


……だけど本当に罪深いのは私。

私が出しゃばらなければ、愚痴を吐き出しつつも、お互い協力し合って仕事を円滑に進める事ができていたのかもしれない。少しの期間耐えれば、課長は昇進して私たちの前から去って行く事になっていたかもしれない。

私は社会人としての忍耐を放棄して、ただ、正義の味方気取りになっていただけ。

結局、彼女たちから完全に笑顔を奪った元凶は私なのだ。私は自分の勝手な行動のせいで彼女たちをさらに苦しめただけだった。

そしてあの日。土砂降りのあの日。一人、傘も差さずに町中を歩く。

私には力がない。戻るべき場所もない。私のせいで周りがさらに苦しくなった現状は、もうどうすることもできなかった。

私があの時、愚かにも正義感を振りかざしていなければ、私があの会社にいなければ、誰も苦しめることはなかった。

そう、私がいなければ。私なんていなければ。私なんて消えて……消えてしまえばいいっ！

周りが何も見えなくなっていた私が足を踏み出した次の瞬間。

土砂降りの中でも響く大きなクラクション、急ブレーキの音、ライトで真っ白になった目の前。

そして私の意識が遠く飛んでいった……。

❈　❈　❈　❈

全てを思い出した。

いや。全てを思い出したからと言って、何になるのだろうか。むしろ思い出したくなんてなかった。

……ああ、ドライバーはどうなったのだろうか。私のせいで、見知らぬ人にまで迷惑をかけてしまった。

私が動いて、また誰かを傷つけるのならば、このまま一生目覚めなければいい。夢の中でずっと生き続ければいい。現実を置き去りにして……夢の中でずっと生き続けたい。

だから、お願い。

誰も私を起こさないで。

11. 目が覚めればきっとそこには

誰かが枕元で泣いている。

「ごめんね、気付いてあげられなくてごめんね。でも、お願いだから帰って来て」

強く握りしめられるのを感じた。しわしわの熱い手。きっと母の手の平なのだろう。

「晴子……」

「姉さん」

ただ悲しそうに呟くのは父と弟。そう、弟の陽太《ひなた》。夢の中で呼ぼうとした弟の名だ。

「何でよ。何であなたがこんな目に遭うのよ。私は気付いていたのに、何で助けてあげられなかったの。晴子、ごめん。ごめんね……」

そう、か細く呟くのは透子だろうか。

……ごめんなさい、ごめんなさい。

ああ、私は何て不孝者だろう。

寝ても覚めても人に迷惑をかけるのならば、私は一体どこに行けば良いのだろうか。

ねえ、神様……教えてよ。

戻っても居場所なんてないのに。誰にも必要とされないのに、それでも私は帰らなければならないのだろうか。またあの場所に身を投じなければならないのだろうか。

それが上の者には常に付き従わなければならないという、世の理《ことわり》に逆らった私への断罪なのだろうか。

強く握りしめられていた力が抜け、手が離れた。誰かと母が何かを話しているのが聞こえる。

やがて人の気配が動き、小さな足音と共に自分の側に誰かが近づくのを感じた。

それでも身体が動かない。きっと心が拒否しているからだろう。

「晴子様」

若くて澄んだその声はどこかで聞いた事のある声だった。

ああ、そうか。夢の中の声。最後に私に手を伸ばしてくれた女性の声。……夢の中の彼女の声にそっくりだった。

「わたくしはあなたに助けられたのですよ、晴子様」

助けられた……？　一体私は誰を助けたと言うのだろうか。

私は誰一人助けられなかったどころか、自分の身勝手でたくさんの人たちを傷つけたのに。

「晴子さん、大丈夫、無事だったよ。僕たちが受け止めたから」

「ぎりぎりだったけどな。間に合ったんだぞ」

「本当にあなたと言う人は一人で無茶をして。無茶は止めてって言ったじゃないの。それにどうして私を呼ばないの！」

次々と話しかけられる相手は、そう遠くない過去に聞いた事のある声。夢の中の住人。

……現実に戻ったと思っていたが、私はまだ夢を見ているようだ。

「晴子様、わたくしは自分の中の奥深くでずっと晴子様がなさる事を見ておりましたのよ。臆病な自分ができなかった事を晴子様が代わって、状況を変えて行って下さるのを感謝と憧れの目で見ておりました」

それはだってね。夢の中だから。夢の中では自分は最強だからよ。

本当の私はね、大きな力の前には何も言えず、何もできず、気力を失って跪《ひざまず》いてしまう小さな人間だったの。

私は現実逃避していたの。夢の中では強くなった気がして、分をわきまえない行動をしていただけなの。ただ、それだけだったの。

「晴子さん、色々君とは話してきたよね。よく叱られもした。今度は本物の晴子さんと面と向かって話をしたい」

「私もよ。同年代で同趣味で、嬉しいって言っていたでしょ。その姿で私とお話ししましょうよ！」

「ったく、聞いたぞ。お前はここでも結局お人好しの苦労性なんだな。……お前らしいけどな」

「……晴子様」

現実味を帯びた、ほっそりすべすべした手が自分に重ねられた。

彼らは……夢じゃない？

「わたくしは晴子様に助けられましたの。今、ここにこうして立てるのも、全て晴子様のおかげですわ」

本当はね……優華さん。本当は私の方こそ救われたんだよ。誰かを救うことで、私こそ救われたかったの。

そしてそれがたくさんの人を傷つけた私にできるただ一つの——贖罪《しょくざい》だったから。

「君は自分が優華でいる限り、守り抜いてみせるとそう言ってくれたよね。そして僕は誓った。君が優華を守ってくれるように、僕も何があっても晴子さんを守り抜くって。今度は僕が守る番だよ」

ちゃんと守れなかったのに、甘いわね……悠貴さん。

「ねえ、晴子さん。私ね、有沢先生と付き合うことになったのよ。あなたが背中を押してくれたお陰よ。今度は私が応援するわ」

良かったね、早紀子さん。でもね、私は今、好きな人はいないわ。リア充爆発しろ。

「こんな細腕で一人戦ってきたんだな。今度はお前の力になってやるよ。……だから。助けてとお前の声で聞かせろ」

ホントいい男ね、惚れそうだわ、松宮さん。こんな自分勝手な私なのにあなたはそれでも救おうとしてくれるのね。

「皆待っています。そして今度はわたくしが晴子様をお助けしたい。だから……戻って来て下さい。お願いですわ」

そして私の手や腕に色んな人の手が次々に重ねられるのを感じられた。

ああ、そうなんだ。本当にあなたたちだったのね。私が歩いてきた軌跡は確かに形として残っていたんだ。そしてその軌跡を辿ってきてくれる人がいたんだ。

……戻りたい。戻ってあなたたちをこの目で見たい。話したい、私の事を。聞きたいの、あなたたちの事を。

熱い物が目にこみ上げて、目尻から耳へと伝うのを感じた。そして力の入らぬ指で、必死に握り返そうと動かす。

私には何も無い。力も無ければ、戻る場所も無い。

「っ！　晴子さ――」

けれど目覚めよう、目が覚めればきっとそこには彼らの笑顔があるはずだから……。

「あっ！　は、晴子様っ⁉　め、目覚められ――ああっ！　せ、先生を、よ、呼んで、呼ばなくてはっ」

「いや、その前にご家族だよ、優華っ。僕呼んで来るからっ。あ、先生も一緒に呼んで来るから」

ぼんやりとした感覚の中、優華さんの狼狽《ろうばい》ぶりに釣られたのか、普段冷静なはずの悠貴さんも若干動揺しているように見受けられる。

ごめん、ちょっと待ってね。身体の方はもう少し再起動に時間がかかるみたいだから。あの、でもね、皆さん。できればナースコールで呼んで頂けるとありがたいなあ、なんて。

「落ち着きなさい、あなたたち。まずはナースコールよ」

そう、その通り！　さすが早紀子さん、大人ですね。落ち着いている。

「あ、あら。で、でもナースコールってどこにあるのかしら……？　え、どこ？　そ、そちらにある？」

「あの。俺、もう押しましたから……」

若干呆れた声でそう言う、この場で一番冷静な松宮クン。

さすがだ、サンキュー。やっぱり君は頼りになるね。

彼らの一連の行動を生温かく見守った後、身体がようやく起動し始めた私は重だるい腕で口元に手をやると酸素マスクを外す。

自分の間隔に合わせた自然な呼吸に戻ることができてほっと息を吐いた。

「は、晴子様っ！　大丈夫ですか、分かりますかっ」

ええ、分かりますよ。鏡越しでしか見なかった優華さんが目の前にいるって、何だか不思議な感覚ね。

そんな風に思いながら、未だおろおろしている優華さんを安心させようと声を絞り出す。

「はっ、――ま、しっ」

ううっ、悔しいな、うまく声にならない。よしもう一度挑っ――。

「晴子様っ⁉　苦しいのですかっ⁉　ああ、先生はまだですのっ！　わたくしが呼びに参りますわ」

ああ、待って、行かないでちょうだい、優華さん。

立ち上がろうとする優華さんに手を伸ばして必死に服を掴んだ。

「晴子様っ⁉」

「は、はじめ――」

よし、何とか声が出せそうだ。

私は大きく息を吐いて、今できる精一杯の笑みを浮かべてみせた。

「はじめ、まして……優華さ、ん。わた、しは木津川、晴子……です」

「っ！　は、晴子様っ。わ、わたくし、瀬野、瀬野優華と申します、晴子様。……晴子様っ！」

優華さんはそう言うと私の手を両手できゅっと包み込み、潤《うる》んでいた瞳からはとうとう涙があふれ、頬へと雫が伝った。

あらら。目覚めれば笑顔が見られると思ったのに、泣き顔でのご対面だったわね。……ごめんなさい。そしてありがとうね、優華さん。

私は優華さんの手を握り返し、そして他の人たちにも目を向けた。

「良かった、晴子さん。本当に」

色々心配をかけてごめんなさいね、悠貴さん。

「あなたが目覚めたら、説教するつもりだったのよ。一人で無茶して」

え、何で。何かしたかな。母からきっと大説教を受けるので、それだけはマジ勘弁です。

「木津川晴子。いつかまた……会えたな」

ふふ。おネエ様じゃなくて、お姉様だったでしょ、松宮クン。

次々掛けられる言葉にまだ返す体力はないけれど、笑みで応えてみせる。

そうして対応していると、入り口が勢いよく開けられた。

ナースコールで呼び出した看護師さんに私の状態に変化があった事が知らされたのだろう。

「晴子っ！　……晴子っ⁉」

看護師さんを押しのける勢いで母が小走りにやって来る。続いて他の家族と友人もやって来るのが見えた。

優華さんたちは自然とベッドの側を離れる。

「晴子晴子っ！　良かった晴子っ！」

「……ごめ、なさい」

顔を伏せる母に申し訳なさだけが立って素直に謝罪の言葉が出る。

いつも歳《とし》を感じさせないほど、若々しく生き生きしている母だが、久々に見た母は化粧っ気もなく、やつれた表情をしていた。

当たり前……だよね。本当にごめんなさい。

父と弟に目をやると良かったと言葉少なく、ただ目だけを赤くしていた。

「ごめんなさい、お父さん、陽太」

「晴子、良かった……」

「バカ姉貴……」

少ない言葉の中で、バカの一言は重すぎるわ、弟よ。……そうね、でもバカは否定できないわね。

「……晴子ぉぉ」

涙声で手を握りしめてくる友人に気付いて、彼女に視線を移した。

透子もごめんねと言って握り返すと彼女はぶんぶんと首を振って、良かった良かったよと繰り返した。

すると母はがばりと顔を上げた。

「あなたって子は、本当にたくさんの人に心配掛けて」

……ん？　顔を上げた母の目には既に涙が無く、目は三角につり上がっているようなんですけど。

えーっと……まさか今？　今、説教始まっちゃう？　ま、まさかね？　だって娘が眠りから目覚めたばかりなんだよ？

「青は進め、赤は止まれでしょっ。右見て左見て、もう一回右見てでしょっ。そんな事も忘れたの？　この子は本当に仕方ない子ねっ。大いに反省なさいっ」

そう言うや否《いな》や母は、私の両方のこめかみ辺りに拳に当てた。

え、まさか、ちょっ待っ――。

「あ、こ、こら！　明美、目覚めたばかりなのにや、やめなさい！」

「か、母さん、気持ちは分かるけど抑えて抑えてっ！」

「お、おばさまっ！　落ち着いてぇーっ」

怪我人相手にも容赦なく、ぐりぐりローリング刑を執行しようとした母に気付いた家族と透子が慌てて取り押さえた。

た、助かった。ほっと胸をなで下ろす。

って言うか、お母さん！　長い昏睡《こんすい》から目覚めたばかりであろう娘にいきなりお仕置きをする母親がどこの世界にいますかっ！

心配をかけた手前、大きく言葉にはできないがそう思っていると、少し離れた所であのお仕置き方法は晴子さんのお母様直伝だったのかと悠貴さんが苦笑いしているのが目に入った。

……はは、そう言えば悠貴さんにもよくやったものね。

そんなドタバタ劇に苦笑いしていたら、いつの間にか先生を呼びに戻った看護師さんと一緒に駆けつけてきた担当の先生が呆れた顔を見せていた。


担当医さんによる診察後、無理のない程度での会話が許された。

「お母さん、鏡ある？」

優華さんが目の前にいて、自分自身に戻ったという事も感覚的に実感できているが、まだ自分の顔を確認していなかった事に気付いて、母に頼む。

母は自分の鞄に入れていた化粧ポーチから鏡を取り出すと、渡してくれた。

私はこくんと一息呑むと鏡を覗き込み、鏡に映る自分をまじまじと見つめた。

「あれ。私ってこんな顔だったっけ。もう少し可愛――」

「安心なさい。眠りすぎで目が腫れているだけで、あなたの顔よ」

ぜんっぜん安心できないんですけど⁉

思わず苦笑いしてしまった。相変わらず毒舌だな、母は。

――そう言えば、いつかもそう思った事があったっけ。ああ、あれは夢だったかな。きっと眠り続けている私に、家族が何度も話しかけていたのだろう。

早く目を覚ましなさいって。こちらに、現実の世界に戻って来なさいって。

私はお礼を言って母に鏡を返すと、母は立ち上がった。

「じゃあ、これからの事で先生とお話があるので、一度、私たちは退室するわね。透子ちゃんも、お仕事帰りも休みの日もいつもお見舞いに来て下さって、お疲れでしょう。ありがとうね。晴子はもう大丈夫だから、お休みになって」

「はい。では、私もそろそろ失礼するわね」

「うん、ありがとう、透子」

透子はまた来るわねと言って去り、家族は優華さんたちに頭を下げると、これからの治療方針を伺うために退室した。

そして現在、この場に残ってくれたのは優華さんたちだ。

私は電動式のベッドの背中を起こしてもらった。これで皆と会話がしやすくなる。

「先ほどはお見苦しい所を……」

私は頭を下げて気恥ずかしさの中でそう言うと、松宮君が真剣な表情で応えた。

「いや、木津川晴子が木津川晴子たる理由の一端を知った気がした」

「あの母にしてこの子あり、だよね」

周りのメンバーはうんうんとそれに同意しているのですが、あの、それって褒め言葉として取ってよろしいのでしょうか……。

どこか残念な気持ちになりつつ自分の詳細を尋ねてみると、私が意識不明のまま、入院してから二週間は経っていたようだ。身体自体はそう大きな傷を負っている訳ではないが、ずっと意識だけが戻らなかったらしい。

……きっと戻りたくなかったのだろう。

そして時系列で考えると、学園で過ごした日々とぴたりと重なる事が分かる。何の因果か分からないが、自分たちの世界から逃げ出したい私と優華さんの意識が互いの事故によって中途半端に入れ替わっていたようだ。

精神離脱だの霊魂だのの概念は分からないが、ほとんど記憶のなかった私はおそらく大半の意識を自分の身体に残していたのかもしれない。そして優華さんは優華さんで、どこか知らない所の奥深くで眠り込んでいたみたいだと言う。

それが鏡に接したあの日、ほんの少し意識が自分の中に引き戻されたと言うのだ。

学校の怪談も少しは役に立つのね。

「となると、結論は『幸薄そうな性格の悪い令嬢にうっかり取り憑いちゃった残念な浮遊霊設定』

の四番が正解だったわけだね」

「誰が幸薄そうな性格の悪い令嬢なんです。酷すぎますわ」

ぷんぷんとそれでもおしとやかに怒る優華さんに苦笑する。

しかし優華さん本人を前にしても相変わらずの毒舌っぷりだな、悠貴さんは。

「ごめんなさい、優華さん。私が余計な事をして二度も同じ目に……」

「何をおっしゃるのですか！　わたくしはずっと晴子様のお気持ちに助けられてきましたのに。そもそも諸悪の根元は」

彼女はそう言って悠貴さんに振り返る。すると彼はみるみる内に血色を失い、強ばった笑みを浮かべた。

優華さんの真性悪魔の微笑みが発動中なのだろうか。悠貴さん、息していますか。多分、今の私より顔色悪いですよ。

「僕が原因です……申し訳ございません。平《ひら》に謝罪申し上げます」

「当然ですわね。――ですから晴子様のせいではございませんわ」

ツンとした動作で振り返った優華さんだが、こちらに向き直った時にはもう穏やかな笑みを浮かべていた。

「しかしまぁ、あれだな。中身が違うと雰囲気も違うんだな」

「そうね。晴子さんの意識が主《おも》だった時、気品がな――庶民的で親しみやすかったもの」

お、俺はそこまでは言ってないぞと焦る松宮君。

早紀子さん、あなたはまた気品がないと言おうとしたわねっ。身体が本調子じゃないから、あまり口を開かないけれど、心の中で思いっきり突っ込んでいるからね、私！

……まあそれは横に置いて、とりあえず今疑問に思うことを尋ねてみよう。

「運転手の方はどうなったのかな。それにどうして私がここにいると？」

しかも、この病室も個室で高そうだし。

状況が段々と飲み込めてきて周りを見渡す余裕ができた時、自分がいる部屋を認識して驚いた。

優華さんになって初めて目覚めた時の病室と同じくらい豪華なのだ。それこそ事故の相手はお金持ちの人だったのだろうか。

「それは――」

優華さんが何か言おうとした時、コンコンと扉が鳴らされ、そして返事をする間もなく開放された。

扉を叩いた意味はあるのかと苦笑いしていると、そこに現れたのはスーツ姿の切れ長の瞳で冷たそうだが、顔立ちの整った長身の男性だった。


だ、誰だ、この迫力イケメン。


い、いや、イケメンという言葉が聞いて逃げ出すくらいの男前だ。三十代くらい？　若そうなのに威圧感が半端ないんですけど。

ん？　何だかこのフレーズ、誰かが言っていた気がするような。

それにあれ？　でもこの顔、どこかで見たことがある。どこかで会った？　いやでも、こんな迫力ある壮絶男前だったら、一度会ったら絶対忘れないと思うんだけど……。

そんな風にまじまじと彼を見ていると優華さんは、あらお兄様と言った。

お、お兄様っ⁉

確かにどことなく纏《まと》うオーラが似ている気がする。――あ！　そ、そっか。さっきの言葉、そう言えば松宮君がそんな風に表現していたっけ。

えーっと、それでお兄さんは二人いると聞いていたけど、日本にいるってことは上のお兄さんって事でいいんだよね。そう、優華さんのお見舞いに来なかった薄情モノの！

スーツをかっちり着込んでいるし、とてもロマンを求めて放浪する自称冒険家には見えないし。むしろ堅実と言うか、超現実主義者のように思える。

しかしなぜここに？　優華さん絡みでお見舞いに来て下さったとか？　けど……何だろう。何かこちらを睨み付けていらっしゃる⁉

「晴子様、こちらわたくしの――お兄様、晴子様を睨み付けないで頂けます？　怯《おび》えていらっしゃるではありませんか」

優華さんはこちらの表情を見ると、すぐさまお兄さんの方へと視線を移して注意する。

「睨み付けていない。元々こういう顔だ」

「あははは、そうですよね。失礼だよ優華」

……いやいや、あなたこそ失礼だよ、悠貴さん。

ともかく……と言って優華さんのお兄さんはコホンと咳払いした。

「私は優華の兄の瀬野貴之《たかゆき》。この度は申し訳なかった。君の面倒の一切合切《いっさいがっさい》はこちらで引き受けさ

せて頂くので了承頂きたい」

感情を含まない淡々とした事務的な低い声に、ただ戸惑うばかりだ。

「え、あ、え」

「お兄様！　態度が偉そうですわ！　ほらご覧なさい。晴子様、怒っていらっしゃるじゃないの」

え。いや、怒っていません。ただ混乱しています。

「あ、あの。どういう……」

状況の飲めない私に、悠貴さんが衝突事故の相手は優華さんのお兄さんだったのだと説明してくれる。

「え、あ……そ。そうでしたか。こ、こちらこそ申し訳ありませんでした。前方不注意で」

「そうだな。確かに君の不注意だ。こちらは青信号だった。俺の視力と運転技術に感謝することだ」

「す、すみませんでした」

こ、怖っ！

威圧感ある物言いに思わず萎縮してしまう。

「お兄様！　そんな言い方、ございませんでしょう⁉」

諫《いさ》めてくれる優華さんの気持ちはありがたいですけど、私が完全に悪いです。ごめんなさい。

「ところで君は何かスポーツでもやっているのか？」

「え？　あ、む、昔、合気道を少し……」

「……そうか」

まさか咄嗟に受身でもしていたのだろうか。だからまだ傷が軽かったのかな、とかだったりして。

……なんてね。

そんな風にと考えていると、悠貴さんがさっきの質問の続きですけど、と切り出した。

「晴子さんで分かっていることは名前と年齢と社会人というくらいの情報だけでしたので、貴之さん、優華のお兄さんにも力を借りようとしたところ、事故の相手が本当の偶然で晴子さんだったんです」

僕たちは出会うべくして出会ったのかもしれないですね、何より現代人で良かったですと悠貴さんは笑った。

確かに彼らと生きている時代が違っていたり、それこそパラレルワールドだったりしたら、こうして出会う事はできなかったものね。

しかし、どうでもいいんですけど、悠貴さんの敬語がむずがゆいです。むしろ薄ら寒いです。

「ところで……。悪いが君たちは一度席を外してもらえないか」

彼は見舞客である彼らを見回す。

ひぃっ⁉　な、なぜ？　怖いよこの人。一人にしないで。

怯えた様子の私の前に優華さんが立ちはだかる。

「なぜですの？」

「仕事の話だ」

「……仕事？」

意外な言葉に怖さを忘れてきょとんとする。この人と私、一体何の関係があるのだろうか。

彼はそんな私を見て、ため息を吐いた。

「君は自分が勤めている会社社長の顔すら知らないのか」

「っ⁉　しゃ、ちょう……？」

そもそも私が勤めている会社は支社だから、本社勤務の社長とは縁遠いのだが、確かに会社のパンフレットだの、ホームページだのの小さな写真で見たことがある！　どうりで貫禄があるわけだ。

ただ、就活の時の面接では絶対お見かけしなかったと言える。面接時は緊張していたから、面接官が役職名や名前を名乗ったかどうかさえ曖昧《あいまい》だし、自分の事で手一杯だったから社長が誰だとかまで気が回らなかったけど。

でもそう言えば、入社式の時は挨拶していたっけ。同期の女性たちが密やかに色めき立っていたみたいだけど、私は後ろの方の席でよく見えなかったんだよね。

ああ、この人が社長だったのか。実物は本当に圧倒されるくらいのオーラがある。そりゃあ、女性たちはざわめくはずだわ。

……って、まさか！　優華さんのお母様が入院当初におっしゃっていたお兄さんの会社の方が立て込んでいるって、色んな意味で私の事だったの⁉

優華さんが入院中に顔を出さない兄とは何と冷たいことかとか、薄情モノとか思っちゃったよ。私のせいだったのか……。

きっと私の事故当初だったんだろうから、そりゃあ、手一杯だよね。

い、いや、今そんな事をゆったりのんきに考えている場合じゃない。自分が勤める会社の社長に対して、誰よあなたと言ったにも等しいのだ。

慌てて再度頭を下げる。

「し、失礼致しました」

「まあいい。そういう訳だから優華たちは少し席を外して欲しい」

優華さんは心配そうに私に視線を移すので、大丈夫と頷いた。

正直、大丈夫でもないし、むしろ心細いけれど、そうは言っていられる話ではないものね……。

むしろ社長が人払いしてまで配慮してくれている事に感謝しなきゃ。

「分かりましたわ。何かあったら大声で叫んで下さいね」

大声で叫んで助けを呼ぶって、今から何が起ころうとしているんだ……。恐怖に震えてもいいですか。と言うか、大声で叫ぶ力はありませんけど。

「……ああ、だめですわね」

優華さんは私の思惑にすぐに気付くと言い直して、手をきゅっと包み込んだ。そして彼女は辺りを見回すと、横のテーブルに置いてあった私の携帯を手に取った。

私が目覚めた時用に準備してあったのだろうか。きちんと充電されているようだ。

「これは晴子様の携帯ですか？」

「あ、ええ」

「では少し失礼致しまして」

彼女は手際よく操作している。

「――はい、わたくしの番号を登録させて頂きましたわ」

「ど、どうもありがとう」

「いいえ。これで大丈夫ですわ。ですから何かあったら携帯に電話して下さいな。すぐに飛んで参りますから」

あ、いや、すみません、余計に不安が増したんですけど……。

そうして彼女は社長に振り向くと人差し指をぴしりと向けた。

「お兄様、晴子様には半径十メートル以内に近づかないで頂きたいわ」

「それだと部屋から出てしまうだろうが。まったく優華は俺を何だと思っているんだ……」

どうやらさすがの会社社長でも優華さんには滅法弱いらしい。

社長はため息を吐いた。

「それじゃあ、一旦僕たちは席を外しますね」

「じゃあ、また後でな」

「後で！　後で詳しく聞かせてねっ！」

いや、早紀子さん、あなたは何を期待しているんですか。私は今や、肉食獣を前に震える子羊の状態なのですよ⁉

「それでは、失礼致しますわ。くれぐれも……気をつけて」

な、何を⁉

優華さんは意味深な言葉を残して出て行き、病室の中は一気に静寂を取り戻す。そして社長はその冷たく美しい瞳をこちらに向けた。

12. これからの行方

こ、怖っ！

社長の冷たい瞳に、思わず表情が強ばる。

きっと社長まで私の噂は届いているんだろうな。社内をかき回した罪で、社長自ら、退職願を出すよう要請されるのかもしれない。

そうだとしても、こんなに弱っている時じゃなくて、もう少し心が回復した時に言い渡して欲しかった。

私が怯えている様子に気付いたのか、社長は少し咳払いして瞳の色を弱めた。

「君は確かまだ独身だったな。ご両親から今、一人暮らしと伺ったが？」

……ん、え？　思いがけない質問に戸惑う。

「どうなんだ？」

「ひ、一人暮らし、です、けど……」

えと、何が聞きたいんだろう？

「引っ越しして困るような事は？」

「え？」

慣れた環境から離れるのは嫌だとかそういう事？

「拘束時間が増えて困るような事は？」

「え？」

遊ぶ時間がなくなるとかそういう事？

何を問われているのか分からず、戸惑っている私に社長はさらに言った。

「……男は？」

「はっ⁉」

今度は思わず苛立ちを含んだ疑問系の声が出てしまった。

何だいきなりこの質問は。失礼だな。どうせ彼氏はいませんから、男の人と同居とかしていませんよ。ええ、どうせ！

「そうか。じゃあ身軽だな」

まだ何も言っていない内に、人の顔色から答えを出すのは止めて頂きたい……。

「来月から本社勤務になるが構わないな？　今月半ばまでに今住んでいる所を引き払って、来月からはこちらが用意した所で暮らしてもらう。通勤で時間を使うのは勿体《もったい》ないからな。ああ、心配するな、家賃はこちらから出す。それと、これからの仕事を今月末までに頭に叩きこんでもらう。書類他は後で持っ――」

「えっ⁉」

いえいえ、待って。急に何の話ですか⁉　さっきから何の説明もなく、話を先々と進めないで下さいな！

「あ、あの少しお待ち頂けますか」

思わず手を伸ばして、話を止めてしまう。すると社長が私の腕を掴んだ。

……はっ⁉　ナニコレ。

「細いな。むしろガリガリだ。肌はカサカサだし、顔もやつれている」

ええ、その通りですけど、酷い言われようです。

そして顎を掴まれて仰向かされて、端整な顔を寄せられても全くトキめかない不思議。あまりにも事務的だからだろうか。

でもさすがにこれまで学園で接してきた爽やかな高校生たちとは違って、どこか大人の色香がある。

「入院してからの問題じゃないな。来月までに無理矢理でも食べて、少しは肉をつけてもらわないとな。秘書は会社の顔でもあるから貧弱では困る。仕事もハードだしな。胸は……」

そう言って社長は私の胸を一瞥すると無表情に言った。

「元々、手遅れか」

そこ、やかましいですよっ！　大人の色香とか、前言撤回である！

……じゃなくて。

「一体……何のお話をされているのですか？」

「君は頭が切れると聞いていたんだが」

あ、それはガセネタです。やっぱり噂って怖いですね。……って、いやいや、これって私が悪いんですか？　話をすっ飛ばす社長様の方が悪いですよね？

そう思うけど、とりあえず謝っておこう。

「……すみません。初めからお願い致します」

「君は秘書課希望だと聞いている。だから来月からは俺の秘書になってもらう」

「………。はっ⁉」

話がさらに空高く、彼方へと飛んでいきましたよっ⁉

感情が再び高ぶったら、それに伴って心臓がばくばくと高鳴ったので深呼吸して呼吸を整える。

「おい、大丈夫か」

肩で息をする私を見て、注意深く目を細めて尋ねてくる社長に小さく笑みを向けて頷く。

「はい。少し驚いただけです」

「話がいきなりすぎたか」

ええ、そうですね。その通りです。少なくとも目覚めてまだ間もない人間に言うお話ではないかと思いますね。

そう思うが、そこまでの私の思いは汲み取って頂けなかったようだ。社長は続けた。

「まあしばらくは秘書見習いという感じになるだろう。俺の今までの優秀な秘書が瀬野家の当主、祖母に引き抜かれる事になったんだ。さすがに未だ現役当主の命令には敵《かな》わないからな」

ああ、あの威圧感びんびんのお祖母様ですね。現当主は優華さんのお父様ではなかったのね。

あ、そっか。長らく海外赴任されて家を空けておられるものね。

「どうして私を……もしかして優華さんですか？　それとも事故の事ですか？」

「勘違いしないで欲しい。確かに優華に社員を本当にちゃんと見ているかと怒られはしたが、君にいい役職をつけろと言われた訳じゃない。事故に関して責任はあるが、負い目はない」

本当にはっきり物を言う人ですね。……ええ、私が悪いのは分かっております。

「じゃあ……なぜ」

「もちろん君の実績に鑑《かんが》みて、君にふさわしい役職が必要だと思っただけだ。まあ、社長と言え、そう容易く人事に口出すことはできないから、名目上、全社員の人事の検討見直しをさせたんだ。最終的には融通をつけられる人事は秘書の役職くらいしかなかったが、君が以前から希望していたという事もあってそれがふさわしいだろうという結論に至った」

おかげで自分まで手続きやら何やらで徹夜続きだ、とため息を吐く社長。

えーと、ここは私が謝った方が良いのでしょうか？

あ、でも上川コーポレーションとはどうなったのだろう。契約が取れてから入院するまでは担当していたけれど、引き継ぎとかどうなったのかな。

口を開こうとする前に社長がその答えを出してくれた。

「それと君が担当していた上川コーポレーションだが、別の人間が担当する事になった」

「そう、なの、ですか……」

上川社長にも迷惑をかけてしまったな。何度もしつこいくらい足を運んでお願いしてきたくせに、契約が決まってすぐに担当を下りるなんて、何と無責任な話だろう。情けなさすぎる。

思わず視線が下がった私に社長は更に続けた。

「上川社長にもお伝えしたところ、快く了承して下さった」

社長はそう言うと、何気なくテーブルに視線を移す。

私も社長の動きに釣られて見ると、そこには薄紅と紫色で彩られた薔薇《バラ》のブリザーブドフラワーがあった。

高いのよね、ブリザーブドフラワーって。最近では病院で生花は禁止されている所が多いからこれを選んでくれたんだな。そう言えば誰がくれたんだろう。趣味が良いな。

「君の入院当初、上川社長が直々にお見舞いのため足を運んで下さったらしい。そして君に労《ねぎら》いとお見舞いのお言葉を頂いたそうだ」

「あ……」

上川社長のこちらの体調を心配してくれる表情が思い出された。

じんわりと胸が熱くなる。

……退院したらお礼とお詫びを兼ねて、挨拶に行こう。

「あの事故の日、君が勤める支社に行く途中だった」

社長が不意に話を変えて、私も頭を切り換えた。

「私の部署の事で、ですか?」

「そうだ。今は定年退職した君の元上司、今川さんから電話があってな」

「今川課長? 一体誰が」

職場の誰かが連絡しないと、今川課長には伝わるはずがない。

「それは言わなかった。ただ、どうやら可愛い元部下たちが大変な事になっているようだ、よしなに頼む、とね。まさか大変な事になっている社員と衝突事故を起こすとはさすがに夢にも思わなかったがな」

確かに。社長の車と衝突だなんて、何と言う因果なのでしょうか。

ともかくも彼らの誰かが元課長に電話して泣きついたのだろう。

私も部下思いで、いつも親身になってくれていた今川課長の電話番号は未だに消さずに残してある。あの時は電話を掛けるとは思いつきもしなかったけれど。

社長が言うには今川家と瀬野家とは旧知の仲なのだそうだ。

家柄良く性格も穏やかな優秀な人で何度も昇進の話はあったが、自分は社員と近い場所にいて、共に喜びを分かち合いたいと固辞《こじ》したそうだ。

後ろがつかえるから頼むから昇進してくれと言ったのになと社長が愚痴っていたのは聞かなかったことにした。

「そして柳原課長について調べてみた」

課長の名前が出て、反射的に身体が震えた。シーツを強く握りしめる。

社長は横目で私を一瞥して続けた。

確かに柳原課長が就任する先々の職場は軒並み営業成績が良かったが、新入社員の退職率の高さや顧客や取引先のクレームの数もかなり多かったと言う。

「今後は数字だけで判断するなと営業部や人事部には強く言っておいたよ。彼には地方へ出向してもらった」

「そう、ですか」

「他に質問は」

短い質問で社長は問う。

「今はまだ……分かりません。何の質問をすればいいのかさえ、分かりません」

何もかもが急すぎて、頭が追いつかない。柳原課長への感情すら何も湧いてこない。そして自分の身がこれからどこへ行くのかも、全く想像がつかない。

今の状況を受け入れることだけで精一杯だ。

「そうか。まあ、リハビリを兼ねてしばらく入院だから、その間に体調を整えておいてくれ。ああ、有休扱いにしておくから安心しろ」

「……うん、有休は労働基準法によって定められた労働者の当然の権利だよね」

心の中で言ったつもりだったが、どうやら口に出していたようだ。

社長は目を見開いた。私も目を見開いた。

口は災いの元。悠貴さんの事は言えません。

そもそも手配してくれたのだからやはり感謝すべきだった、やばい社長に向かってこれはないだろう、心証悪いとかぐるぐる考えてめまいを起こしそうになっていると、彼はくっと笑ってみせた。

……笑った顔も男前ですね。

「確かにそうだな。まあ、これからよろしく頼む」

「……よ、よろしくお願い致します」

口悪くてすみません。

私はただひたすら頭を下げた。


仕事の話が終わって社長が立ち去ると、入れ代わりに優華さんたちが戻って来てその後も雑談をした。

何でも優華さんが自身に戻ってから、クラスメートに発した第一声を緊張のあまり思いっきり噛んだらしいです。

おはようごじゃいますって言ったんだよ、顔を真っ赤にしていて可愛かったと悠貴さんはそう笑っておられますが、夜道には背後から漂う冷気にどうぞ気をつけてお帰り下さいませ。

そして、目覚めたばかりでお疲れでしょうし、今日はここまでで失礼しましょうと早紀子さんが切り出し、優華さんはそれではまた明日参りますと言って、彼らは帰って行った。


夕食までまだ少し時間があるようだし、家族の者は今どこかに行っていていないし、暇である。

仕方がないから軽くストレッチでもしてみよう。

入院する前から仕事の忙しさで体重が落ちていたが、この二週間の入院で筋力すらすっかり衰えてしまっている。一人で立って歩くのもやっとだ。

明日からリハビリが始まるそうだが、少しでも早く自力で動ける方がいいものね。

それにしても、優華さんになって入院中に理学療法士さんから学んだものがまさかこんなに早く役に立つ日が来ようとは、人生何が起こるか分からないものだ。

そう考えながら、ベッドの上で腕やら足をぱたぱた動かしてみた。

……うん、バカだった。今みたいに体力がない時にやってはいけなかったのね。早々に息切れました。それに今気付いた。優華さんは軽い怪我のみで身体は元気だったわけだから、リハビリの運動強度が違ったはずだ。

自己流で無駄な体力を使ってしまったと脱力感いっぱいで俯《うつぶ》せにバタリと倒れていると、扉の向こうの廊下で行ったり来たりする足音が聞こえた気がした。

あら、こんな時間からまた訪問客かしら。

やがて人の声も重なったかと思うと、扉がノックも無しにがらりと開かれた。私は慌ててベッドに潜り込む。

「さあ、入って」

「……ですが」

母がそう促すが、ためらう女性の声に察しが付いてシーツから顔を出した。そしてそちらに向けるとそこにいたのは案の定、会社の後輩である島崎美紅ちゃんだった。

「……美紅、ちゃん」

「っ！　木津、川先輩……」

私の声に彼女は身体を硬直させた。

あら、その態度、酷くないですかー。幽霊にでも会ったみたいじゃないの。そりゃあ、運動後で髪が振り乱れているかもしれないけれど。

そして私が笑みを向けると、ますます困惑した表情になった。

「晴子、彼女はね、あなたが目覚める今日までずっと毎日お見舞いに来てくれていたのよ。……部屋にはどうしても入って頂けなかったけれど」

「そう、ありがとう。……ごめんね、美紅ちゃん。本当にごめんなさい」

すると美紅ちゃんは駆け寄ってきて堰《せき》を切ったように泣き出した。

そして自分のせいでこうなったのに何もできなくて、ずっと助けてもらってきたのに何一つ返せなくてごめんなさいと、彼女は何度も何度も謝罪を繰り返した。

その後、落ち着いた彼女に会社の状況を聞いてみたところ、やはり今川課長に相談の電話を入れたのは彼女だったそうだ。そして現在は社長の言う通り柳原課長は異動となり、今度は叩き上げの人物が課長となったそうだ。下っ端《ぱ》の社員の意見でもしっかりと聞いてくれるとのこと。

社内の空気も当初は戸惑いの中にあったが、徐々に今川課長がいた頃のような雰囲気を取り戻していると言う。

「……そう、良かった」

そう言うと彼女はただ悲しそうに微笑した。

「だから先輩も早く――」

言葉を遮って首を振ると、美紅ちゃんは不安そうな表情を浮かべた。

私は彼女を安心させるように笑みを見せる。

「社長のご厚意でね、私も異動になるの。散々かき回しておいて、今更のうのうと戻れるはずないものね。……私のせいで迷惑を掛けて、本当にごめんなさい」

「そんなっ！　それは私たちの事を助けようとしてくれたからでっ！　部署の皆さんもきっと――」

再び首を振ることで彼女の言葉を遮った。

「……先輩」

「これからは別々の所だけど、お互いに頑張りましょう。どちらが新しい環境に慣れるのが早いか競争ね」

私が笑ってそう言うと、彼女は私がもう決して戻ることはないと悟ったのだろう、はいと小さく頷いた。

「ありがとう、ございました。いっぱいいいっぱい、ありがとうございました……」

あらあら、いっぱいいいっぱいって社会人としての言葉遣いはどうなのかしら。

最後の進言をしようと思ったけれど、熱い気持ちが喉に詰まって言うことはできなかった。

❖❖❖❖

昏睡《こんすい》から覚めて一日を過ごし、そして一夜が明けた。

そう、まだ一夜明けたばかりだ。

病室に山と積まれた書類に私は目を丸くし、大きくため息を吐いた。

昨日の社長のお言葉通り、これからの仕事内容を理解するために用意されたのだ。

もう意識も回復したし、大部屋で結構ですと言ったのに、頑なにこの部屋で療養しろと言われたのはこのためだったのかと合点がいった。

この量では就寝時間が決まっている大部屋で勉強するには無理がある。

「まだ本調子ではないのに、社長が無理を言って申し訳ありません。とりあえずしばらく養生なさってからで結構ですので」

そう眉を下げるのは社長の現秘書、門内《かどうち》豊《ゆたか》さんだ。すらりとした物腰柔らかく、柔和なタイプの好青年だ。

瀬野家の執事さんも渋い男前でしたし、ご当主様のお祖母様はなかなか面食いのようですね。

社長はと言うと私にケーキだけ押しつけて、悪いがこれから仕事があると言って去って行った。

門内さんは今回の人事に関してまだ手回しが少々必要ですのでと、フォローしていた。

「いえ。こちらこそ、ご指導ありがとうございます」

「いいえ」

にっこり笑う門内さんに癒されます。

「門内さんの他に秘書の方はいらっしゃらないのですか？」

「ああ、一般秘書が数人いますよ」

「じゃあ、その方々のどなたかが社長秘書になられる訳ですね」

そう言うと、門内さんはその柔和な笑みをしばし固めた。

……ん？　私、何か変な事を言ったでしょうか。

「あの、社長が申しておりませんでしたでしょうか」

「何をでしょうか？」

「木津川さんには一般秘書ではなく、社長秘書になって頂くのですが。それで私が引き継ぎを
……」

「……は、はいっ⁉」

聞いてません、聞いてませんよーっ！

い、いや待てよ。社長は確か『だから来月からは俺の秘書になってもらう』と言った。え？　俺

の秘書イコール社長秘書だったんですか？

そ、そんな……そんないきなりっ。本当にいきなり話が飛びすぎですよ、社長ーっ！

「む、無理、無理ですっ無理！」

「ああ、落ち着いて下さい」

まだ身体に負担をかけてはいけませんよと彼は興奮する私を穏やかに抑える。

それでも私は動揺を抑えきれない。

「ど、どうして秘書経験のない私がいきなり社長秘書なんです。一般秘書されている方からの繰り上げが普通ですよね」

「えーっと、そうですね。一般秘書の方で社長秘書を望む方は誰一人、いらっしゃいませんよ」

門内さんは困ったように笑った。

だ、誰一人ってどういう意味でしょうか。聞くのが非常に恐ろしいが、今聞かないと後悔する気がした。

……聞いたらもっと後悔する気もしたが。

「な、なぜ？」

門内さんはますます困ったように笑う。

え、な、何？　ねえ、何ですか⁉　いいからちゃんと言って下さい。心の準備をしたいからっ。

顔では必死に訴えているつもりが、門内さんは気付かないフリしてさりげなく視線を逸らす。

さすがあの社長にこの秘書ですね！　実に有能ですよっ。

「とにかく私も協力致します。木津川さんが実際、秘書に就いてからひと月半くらいは引き継ぎという形で瀬野社長の下で一緒に働く方向になりましたから。木津川さんは優秀だとお聞きしていますので、すぐ仕事に慣れますよ」

そう言ってごまかし笑いする彼は、結局最後まで私の質問には答えてくれなかった……。


「まあ、そうでしたの」

机の上に隙間なく置かれた書類について説明すると、優華さんはそう言った。

本日もまた彼ら三人はお見舞いに訪れてくれた。早紀子さんは日曜日ながらも勤務のシフトが入っているらしい。

「大変ですわね……。でも嬉しいですわ。こちらに来て下さるなら、いつでもお会いできるようになりますものね」

「来て頂いてありがとう。ここまで来るのは大変でしょう」

電車の乗り換えがいくつもあって、面倒なはずだ。……あ、そっか。運転手付きのお車で来てくれているのかな。

「大丈夫ですわ。ヘリコプターでひとっ飛びですから」

ヘリコプターかいっ！　さすが規模が大きいですね！

「いやいや。タクシー代わりにヘリを使わないで……」

彼女の凡人と違うヘリの使い道に引き気味の私を見て、悠貴さんと松宮君が苦笑する。

「でも顔色も良くなってきたみたいで安心したよ」

悠貴さんには敬語をやめてもらった。背筋が寒くて寒くて仕方がないので。

「ありがとう。社長が美味しそうなケーキを持ってきてくれるからかも」

まだ食欲はないから彩《いろど》りと香りだけ頂いているんだけどね、スイーツ好きなんだと言うと、優華さんがまぁ、そうですの、本当に気の利かない兄でごめんなさいね、仕事のことしか能がないのですわと辛辣《しんらつ》にそう言って、ため息を吐いた。

優華さんの兄に対するなかなかの手厳しさに苦笑した。社長も優華さん相手だと形無しのようですね。

と、その時、コンコンと扉がノックされる。

返事をして開放された先にいたのは瀬野家、現当主の『お祖母様』だった。

「お祖母様!? どうしてこちらに」

優華さんが驚きの声を出し、私もまた思わぬ訪問者に目を丸くしてしまう。

執事の江藤さんに車椅子を引かれて入ってきたご当主様は軽く孫娘たちに挨拶すると私を見つめた。

相変わらずの威圧感だ。

「こんにちは。あなたとは二度目ましてね。以前もベッドの上だったわ」

「こんにち……えっ!?」

頭を下げていた私だが、これまた思わぬ言葉にがばりと顔を上げる。

咄嗟に優華さんと悠貴さんの顔を見るが、二人とも驚きの表情で首を振っていた。私は視線をご当主様に移す。

「孫娘が、優華が随分とお世話になったようね。ありがとう」

私は失礼にもまじまじと現当主を見つめた。するとご当主様はやっぱりその瞳ね、と言ってふと笑った。

初めて会ったあの日も私の事をじっと見つめていた。あの時既にどこかいつもの優華さんとは違うと見抜いていらっしゃったのだろうか。

「伊達《だて》に歳を取っている訳ではないのよ。これからも孫たちをよろしくね」

彼女は孫たちと言った。もしかして私に秘書の地位を用意してくれるために門内さんを引き抜いたのだろうか。

しかしそれ以上語らない彼女に私は笑みと共に感謝を返した。

「……ありがとうございます。承知致しました」

優華さんと悠貴さん、そして私は顔を合わせると参ったねと笑った。


優華さんのお祖母様が退室してずっと気にかかっていた事を優華さんに尋ねた。

「優華さん、その後、学校はいかが？」

「ありがとうございます。クラスメートに掛ける第一声は緊張したのですが、普通に受け入れて下さってからは肩の力が抜けました。晴子様のおかげで今は楽しく過ごさせて頂いております。松宮さんも協力して下さいますし」

そう言って笑う彼女の表情に陰はない。……良かった。

「それと高岡さんとか、あと……みなみさんとかは」

そう言えば最後まで、みなみさんの名字は知らなかったな。

「橋本美波《はしもとみなみ》様の事ですね。彼女は退学して病院で療養するとの事です」

優華さんが階段から突き落とされた日。自分の評判は悪化の一途《いっと》を辿り、悠貴さんに顔向けもできず、何もかもから逃げ出したかった優華さんは自然とあの階段へと足が向いたと言う。

ところが突然目の前に現れたのは憎らしげに睨んでくる橋本さん。もしやつけ回していたのはあなただったのかと問い質《ただ》すや否や、日頃から恨みを抱いていた橋本さんは人目がないのも引き金で優華さんを突き落としたらしい。

「敬司もさすがに自己嫌悪に陥《おちい》っていたよ。責任からなのか、今のところ彼女との婚約は解消しない方向のようだよ」

それが果たして彼女にとって、そして彼にとって、良い事なのか悪い事なのか、私には分からない。政略結婚である以上、家と家の問題もあるのだろうから、本人たちの希望通りにはいかない難しいところもあるのかもしれない。

そして瀬野家としては世間体もあり、表立っては責任を追及しない方向で動いているらしい。表立っては、ね。彼らの世界における暗黙の了解と言ったところだろう。

「彼女は家の厳しい教育と浮気性の婚約者の狭間で、随分と苦労されていたようです」

「そっか……」

彼女の瞳に宿った狂気を思い出す。本当はずっと苦しんでいたんだろう。

私の表情に同情の色が見えたのだろうか、松宮君はため息を吐いた。

「お前は本当にお人好しだな。突き落とそうとしてきた相手なのに」

はっとした。違う、突き落とされた身体は優華さんだったのに。

「ごめんなさい、優華さん……」

「謝らないで下さいな。晴子様がそんな晴子様だったからこそ、今わたくしは、ここにいられるのですから。もうこのお話はこれでおしまいにしましょう」

「……ありがとう、優華さん。そして松宮さん、あなたもありがとう、約束を守ってくれて」

「男に二言はない。と言うか、もし破ったらお前、怖いもんな」

そう言って松宮君は苦笑いする。

「それとすみれ様ですけど、仲直りしましたの。と言っても、わたくしが一方的に縁を切るような真似をしてしまいましたので、謝罪しましたけれど」

「優華さん……」

私は悠貴さんに聞かされた彼女の当初の目的を知っているだけに何とも言えずにいると、優華さんはそれを承知しているようで小さく首を振って微笑んだ。

「わたくしを友人として本当に大切に思って下さっていたのは嘘ではありません。だからそれだけで十分です」

私は悠貴さんの顔を見ると彼は穏やかに笑った。

そうね、始まりが家のためだったとしても、すみれさんは優華さんを大事に思っていた。それだけは真実だ。

「ああ、じゃあ、高岡さんが、話したいことがあると言っていたのは事故の現場を黙って立ち去ってしまった事だったの？」

「そうみたいですわ。後で先生に聞いたそうですの。それにしても、彼女も隅に置けませんわね」

優華さんはふふと笑う。彼女も今年三年生だし、後一年もしない内に堂々と恋愛できるだろう。

「それと有村さんはお元気？」

有村さんを囲う男性たちは私に任せろと言ったのに、結局その約束を反古《ほご》にする形で戻って来てしまったから気がかりなのだ。けれど、今の私の姿では彼女を助けるどころか、もはや学園内に入ることすら叶わないだろう。

……現実とは厳しいものだ。

苦々しい思いをしている私に優華さんは言った。

「それはわたくしにお任せ下さい。晴子様が基盤を作って下さったのだもの。わたくしも足を踏み出そうと思います。これはわたくしの第一歩でもあるのですから」

嫌なものから顔を背け、立ち止まっていた優華さんが前を向き、歩き出そうとしている。

「優華さん……」

優華さんは希望に満ちた笑みを浮かべると頷いた。

「わたくしたちがこれからもっと学園を良くしていきたいと思います。だからこちらの事はもうご心配なさらないで。わたくしたちは大丈夫ですわ」

悠貴さんも松宮君も優華さんの言葉に頷く。

きっと私が学園に関わる事はこれにて終了なのだろう。大人には大人の、学生には学生の世界がある。これからはそこで過ごす優華さんたちの役目なのだ。

頼もしい彼らを見て、私は肩の荷が下りた気がした。

「……そうね。ありがとう。どうぞお願いします」

そして今度は自分の番だ。私は私の世界に戻り、私の役目を果たそう。

そう、心に誓った。

❈　❈　❈　❈

あれから病院でのリハビリを重ね、めでたく退院となった。

入院中の何が大変って、まだ食べられないケーキを持ってくる社長だ。何の試練かと思いましたわ。

そしてただいま、私が勤務していた支社の出入り口前だ。

昨日付けで本社へ異動となり、上川社長への挨拶と謝罪を済ませたが、支社にはまだ私物が残っているので、最後の挨拶を兼ねてデスクを整理しにやって来たのだ。

社長はその付き添いと言ったところか。

「本当に君が行くのか？」

「はい」

「誰か……門内に君のデスク整理を――」

「いいえ」

ほんのわずかに眉をひそめてこちらを見下ろす社長に苦笑した。

意外や意外。表情をほとんど変える事のない社長の外見から想像はつかないけど、心配性なんだな。それともやはり私の表情に不安が見えているのだろうか。

「私が行きます。立つ鳥跡を濁さずと言いますから。……ありがとうございます、社長」

「……そうか」

「では、行って参ります」

「ああ」

私は空の段ボールを抱えたまま社長に頭を下げて、会社へと足を踏み入れた。


自分の部署前までやって来た私は足元に段ボールを置き、ドアノブへと手を伸ばそうとしたが、その手が震えているのに気付く。

私は一度手を下ろし、何度も大きく深呼吸をして心を落ち着かせる。

そして心を決めて手を伸ばしてドアを開放した。

しかし開けられたドアに気を取られる社員はいない。己の仕事で手一杯でそちらまで気をやる余裕はないのだろう。

このままズカズカ入っていくのもためらわれ、私は声を掛ける事にした。

朝の挨拶はとっても大事だから。そう、だから挨拶するべきで。……おはようございますと。

私はぎゅっと拳を作って言った。

「――う、ございます」

しかし、私のあまりにも小さな声は朝の喧騒《けんそう》の中にいとも容易く消えていく。

自分が優華さんだった時の勢いはどうした。己の身の事となると途端に弱気になる自分に苦笑いしてしまう。

けれど自分で行くと社長に大見得《みえ》切った以上、のこのこと逃げ帰る訳にもいかない。何よりもここを乗り越えなければ、前に進むことはできない。

私はもう一度深呼吸し、そして声を張った。

「おはようございます」

その私の声に忙しく動き回っていた社員たちの動きが一様に止まり、こちらの姿を確認すると、室内の全ての音すらも消え去った気がした。

いつかどこかで見た景色に心の中で苦笑する。

「おはようございます」

もう一度挨拶をすると、四十代後半ぐらいの男性がこちらへと近付いて来た。

初めて見る人だ。おそらくここに新しく配属された課長なのだろう。

「おはようございます。君は……」

私は軽く会釈した。

「ここの部署に勤めておりました、木津川晴子と申します。私物を整理しにやって参りました」

「ああ、君が」

彼はすぐに察してくれた。

今日私が行くと連絡が入っていたのだろうか。

「私はここに課長として配属された南方雄一《みなかたゆういち》です。――では、こちらへ」

簡単に自己紹介をしてくれた後、笑顔で中へ入るよう促してくれ、さらに私のデスクまで誘導してくれる。

美紅ちゃんに少し話を聞いていたが、今度の課長は人への配慮ができる方のようだ。

そして自然な南方課長の動作に、動きを固めていた社員たちがこちらを気にしつつも少しずつ動き出した。

「ありがとうございます」

「では、よろしくお願いします」

そう言って彼が立ち去ると、入れ代わりで美紅ちゃんがやって来た。

「……先輩、お手伝い致します」

「ありがとう」

美紅ちゃんに笑みを向けると、社内が少しだけ微妙な空気になる。

私と彼女は顔を見合わせて苦笑した。


全ての私物を段ボールに詰め終わり、私は美紅ちゃんに向き直った。

「美紅ちゃん、ありがとう」

「いいえ。私にはこれくらいしか……」

私は首を振ると、もう一度かつての自分のデスクを見下ろし、そしてこれまで一緒に頑張って来てくれたデスクに手を置く。

これから向こうで頑張ります。今までありがとう。

小さく頭を下げた。

そして美紅ちゃんに向き直って頷くと、私は課長の元へと歩いて行く。

「ありがとうございました。私物整理が終わりました」

「ご苦労様でした」

彼は立ち上がって労いの言葉を掛けてくれる。私は足下に段ボールを置いた。

「あの……最後に皆さんに挨拶、よろしいですか」

「ええ、もちろん。——皆、少し手を止めてくれ」

課長が手を打ってそう言うと、皆の視線が彼に、いや、主に私に集まった。

うっ。ま、まあ仕方ないんですけど、一気に視線が集まるのはやっぱり怖いわ。

少し怯《ひる》んだ私に課長が笑って、さあと促す。

私は頷くと一つ息を吐き、軽く会釈すると口を開いた。

「私、木津川は昨日付けをもって本社へと異動となりました」

一人一人を見るように視線を動かすと、社員さんたちはどこか気まずそうに視線を彷徨《さまよ》わせている。

「こちらでの勤務は五年となります。入社当初、右も左も分からない私を手取り足取りご指導頂き、また、皆さんに支えられてここまでやって参りました。——そんな中、私の不徳の致すところで多大なご迷惑をお掛けして、本当に申し訳ございませんでした」

そう言って頭を下げると、どう反応するべきかという戸惑った空気になるのが分かる。

私は一つ息を吐いて、高鳴る鼓動を整えると言った。

「ここで教えて頂いた五年間を忘れずに、もっと精進して存分に力を発揮して参りたいと思います。皆さんには、大変お世話になりました。今まで本当にありがとうございました」

そして今度は深々と頭を下げる。

場は未だ戸惑いの中、しんと静まりかえっていたが、すぐ側で最初に課長が手を叩いたようだ。するとそれに呼応されるように室内に拍手が広がった。

私は顔を上げると、少し笑みを浮かべた。


「じゃあね、美紅ちゃん」

段ボールを抱えて私と美紅ちゃんは廊下へと出た。

「先輩……私」

「お互い、頑張ろうね」

「私、先輩みたいになります！」

「え……。あのね、それは止めておいた方が――」

少し引きつりながら笑う私の言葉を美紅ちゃんは遮《さえぎ》る。

「私、先輩みたいに強くて優しい人間になれるよう、頑張ります！」

私は決して強い人間ではないのだけれど、そう言ってくれる彼女のイメージを壊したくはない。

ただ、微笑んでみせた。

「……美紅ちゃん。ありがとう。お元気でね」

「はい。先輩もお元気で」

私たちがそんな会話をしていると、廊下へと出てきた数人の女性社員たちがおずおずと集まってきた。

「……皆？」

「木津川さん、あの……あのね。私たち、本当にごめんなさいっ！」

一人の女性が頭を下げると、他の人たちも一斉に頭を下げてきた。

集団での謝罪は端から見ていたら怖いものだろう。美紅ちゃんも反応に困っている。

「み、皆さん、頭を上げて下さい。私が一番悪いんですから」

私もおろおろしながらそう言うと、彼女たちは居心地悪そうに顔を上げる。

「分かっていたはずなのに。あなたがやろうとしていた事は分かっていたはずなのに。だけど私たちにはその勇気がなかった。あなたに責任を全部押しつけてしまった。酷い事も言った。だから本当にごめ――」

彼女がそこまで言った時、鋭い声が割って入った。

「私！　謝らないわよっ！」

その声の主は私より二つ上の先輩である山崎さんだ。

山崎さんは集まった女性社員をかき分けるようにこちらにやって来る。

「私は謝らないわ！　今でもあなたの行動は社会人として間違っていたと私は思っているわ！」

「ちょっと、山崎さん……」

横で窘《たしな》めようとした社員にも構わず、私と正面切って向かい合い、真っ直ぐな瞳でこちらを睨み付ける。

「だから私はあなたに絶対謝らない！」

まるで自分に言い聞かせるように強い瞳で彼女はそう言い切った。

私が彼女たちに掛けた迷惑の事を思えば当然のことだし、山崎さんの言葉の方がなぜかすんなりと心に届く。

だから私は頷いた。

「はい、承知しております。山崎さん、今までありがとうございました」

そして軽く会釈して私が少し笑うと、彼女はなぜか瞳の中に悲しみの感情を滲《にじ》ませ、そして目を半ば伏せた。

「皆さん、ありがとうございました。……お元気で」

私はもう一度頭を下げると、身を翻して前へと歩き出した。


一階に下りると、長い足を組んでソファーに座っていた社長がこちらに気付いてすぐ立ち上がった。

ここにもいたよ、気遣いの人が。本当に意外だなぁ。

何だかおかしくなりながら社長に近付いた。

「……立つ鳥跡を濁さず来られたか？」

「はい。ありがとうございました」

「そうか」

「はい。これからよろしくお願い致します」

私は段ボールを抱えたまま頭を下げると、こんと段ボールに頭をぶつけた。

「あたっ」

そんな私に社長は少し苦笑すると言った。

「ああ、これからよろしく、木津川君」

13. そして一年後

あの出来事から一年。早いものだ。

あの後、優華さんとそのご家族が与えてくれたチャンスに、私は浮かれてなどいられなかった。

社長はあっさりと私の元上司を飛ばしたところを見ても、私が役に立たないと分かったら、即座に眉一つ動かさず切るだろう。

そんな恐怖の中、それこそ血の滲む思いでやって来た。

ブラック上司のブラック語録にも負けず、ブラック勤務にも負けず、よくここまでやって来たと自分で自分を褒めてあげたいくらいだ。社長に言ったら鼻で笑われそうだけど。

最初、社長と同じ高級マンションに引っ越しを予定されていたが、とんでもない、平社員には安アパートで十分ですと固辞《こじ》した。

四六時中、会社に付きまとわれるかと思うと頭がおかしくなってしまう。

まあ、安アパートでも結局呼び出されるのは同じだと後で気付いたんですけどね……。プライベートも何もあったもんじゃないやい。一般秘書の人が社長秘書になりたくない理由をひしひしと痛感しましたよ。

優華さんとは相変わらず交流が続いている。

私が気にしていた有村さんの件は優華さんが宣言通り、男性陣に立ち向かってくれたようだ。

悠貴さんが楽しそうに語った。


「いつまでもあると思うな女と金」

優華さんはそう切り出したらしい。

「家に縛られないこの学生中に羽目を外して、初めての恋だの体裁のいい言葉にのせて恋にのぼせるのは勝手ですわ。ですが、いつまでもあると思わない事ですね、あなた方を想う婚約者の方々が。彼女たちを、そして周りの方々を蔑ろにした結果は必ず自身に戻って来ますわ。……恋をするなとは申しません。親の言うがまま付き従えとは申しません。ただ、もう少し周りを見て、今の自分の姿と真摯に向き合ってほしいのです」

誰かが言った。

卒業すればどうせ親の決めた婚約者と結婚するのだから、学生中くらい自分の自由にして何が悪いと。

それに対して優華さんは答える。

「でしたら真剣に恋愛なさって下さい。心から人を愛して下さい。人の心を感じて下さい。そして愛のために闘って下さい。それが本当の心の自由ですわ」

するとと彼らは一様に口を噤《つぐ》む。

「……瀬野。お前は本当に変わったんだな。誰にも興味を持とうとしなかったお前が」

「良い方との出会いで人は変わるものですよ。あなた方も良い方にお会いできることを心よりお祈りしております」

優華さんは財閥家の娘という優華さんの立場の中で彼らを戒《いまし》めたのだろう。手や足が出る私より余程大人の対応だ。

その後、優華さんの言葉から何かを感じ取った中条颯人《なかじょうはやと》が、有村さんにこれまでの事を謝罪して有村さんの前から姿を消したらしい。さらに佐々木君が沢口さんを筆頭にクラスメートの後押しを受けて有村さんに告白し、正式に付き合う事によって残った人も去ったという。

良かったね、ツンデレっ子、有村さん。しかし沢口さん、美術室前での佐々木君との会話の時、あの場に居たとは気付かなかったわ。ある種、羽鳥さんの諜報《ちょうほう》活動にも匹敵する忍び方でしたよ、お見事。

また、学園は悠貴さんや松宮君たちの努力のおかげで、上流家庭による庶民への圧力は目に見えて小さくなったそうだ。もちろん完全にという訳ではないし、彼らが卒業した後はどうなったのか分からない。けれど後継もできたから大丈夫と悠貴さんは笑う。

「後継者？」

「ああ。村崎って、覚えているか？」

尋ねる私に松宮君が逆に問い返してきた。

「むらさき……」

「以前、俺に言っていただろ。自分がいなくなった後、訪ねてきたら後を頼むって」

「あ、ああ！」

いつか屋上で会ったリーダー格の彼の事か。

「あいつら、俺たちがしている事を見ていたらしくてな、協力したいって訪ねてきたよ。今までの自分がしてきた事への罪滅ぼしをしたいってさ」

「え……あの子たちが？」

「そうですわ。晴子様に、お伝えするのが遅くなりました。その彼らが最初、わたくしの元に訪ねてみえたのです」

「優華さんの元に？　……あ」


――わたくしが私でいる限りはお相手してさしあげますわよ。


そう言えば、私がそんな言葉を彼らに掛けてしまったんだった。

「対応に戸惑うわたくしに彼らも最初は当惑されておられましたが、あの言葉はこういう事だったのかと、むしろご理解頂けたようです」

「ご、ご迷惑を掛けちゃったわね、ごめんなさい」

「大丈夫ですわ。階段から落ちて数日の記憶を失い、少々人格が変わったようだと申しておきましたから」

優華さんはそう言って、くすくす上品そうに笑う。

あ、あははは……。シャレにならないなー。

苦笑いしていると、松宮君は補足した。

「それとカツアゲしていた相手にもちゃんと謝罪して、今までの金も全部返したみたいだぞ。相手の男に確認しに行ったら、瀬野にお礼を伝えてほしいと笑っていたから間違いない」

「そう、良かった。皆、本当にありがとう」

「お互い様だよ、晴子さん」

「そうそう」

「ありがとうございました。晴子様」

美しく微笑する優華さんに、ふと気になる事が浮かんできた。

「ああ、そうだ。悠貴さん、もう一つ気になる事があるの」

「ん？ 何、晴子さん」

爽やかに笑みを浮かべる悠貴さんに対して、私はにんまりと笑みを返した。

「あなたの優華さんに対するストーカー、優華さんの処分はあったのかしら？」

すると彼は瞬時に笑みと血色を消して固まった。

「あらま」

ちらりと優華さんを見ると澄まし顔。

うん、こっぴどく絞られたようね、ざまあみろ、とでも言っておきましょうか。

しかし優華さんはしっかり彼の手綱《たづな》を握っているようで安心した。

「ね、松宮君。。私が怖いのではなくて、女性とは元々恐ろしいものでしょう?」

「ああ、そうだな。俺も肝に銘じるよ……」

私が松宮君に悪戯っぽく片目を伏せて言うと、彼は顔を引きつらせながら笑ったのだった。

❖❖❖❖

明日、卒業した優華さんと悠貴さんの婚約披露パーティーが開かれる。

そして私もひと月前からその準備に駆り出され、縦横無尽《じゅうおうむじん》に走らされていた。

すみません、これ、明らかに業務外なんですけど、残業代は出ますかね。出ますよね。出して下さいよね。

私はパーティー会場を見渡した。

「えっと、数はこれで足りているかな」

開放感があって、柔らかな白を基調としたパーティー会場は様々な業種や関係各社との交流を円滑にするためだろうか、立食形式を取っている。今は機能性を重視した単調なこの会場も明日には各テーブルの中央には豪華な花が飾られ、彩り豊かとなるだろう。

そう考えながら最終チェックをしていると、お疲れ様ですと穏やかに声がかかる。

振り返るとそこにいたのは瀬野家当主の秘書、門内豊さんだ。彼もまたここで準備に追われている。

「門内さん、お疲れ様です。とうとう明日になりましたね」

「……また痩せられました？　大丈夫ですか？」

気遣いの彼に私はただ苦笑するばかりだ。

「ありがとうございます。大丈夫です」

「本当に無理されていませんか？」

心配そうに眉を下げる門内さん。誰かさんと違って優しいなぁ。

「いえ、問題ありません」

社長秘書が女になった途端に効率やら業績やらが落ちたと言われるのはごめんだ。多少無理をしたって、門内さんが秘書だった頃より秀《ひい》でなくても現状維持だけはしたいと思ってしまう。

それは私の矜持《きょうじ》だ。

「ご自分の許容量をきちんとお伝え下さいね。社長は余裕があると見たら、急ぎの用件でなくても、雑務でも次々と仕事を回してきますから」

……何ですと！　それは初耳です。

「ああ、二人ともここにいたか」

振り返るとそこには社長の姿。

「疲れた様子だな」

そうですよ。誰かさんが雑務とか雑務とか雑務とかと回してきますからねっ。分かっているなら反省の色をお見せなさい。

「……ええ、疲れました。本当に疲れました。おかげさまで、ここひと月で二キロ痩せました。ありがとうございました」

そのまま本音を伝える私に社長は苦笑する。

……あれ、門内さんには問題ないですとか言っちゃったけど、社長の姿を見ると本音がふつふつと立ち上がってきた挙げ句、口に出ちゃうのはなぜ。

「悪かった。ボーナスは弾むから勘弁してくれ」

「だったらいいです」

私は澄まし顔で答えた。多少なりとも許して進ぜよう。

「そう言えば、江角家による演奏会も格別安くして頂きましたし、たっぷり弾んで差し上げて下さいね」

なぜかくすくす笑っている門内さんは援護射撃してくれる。さすが門内さんは頼りになるお方。

「江角家か。あちらさんも柏原財閥のご令嬢と婚約するのにもかかわらず、よくウチに協力してくれることになったな、木津川君」

特に私の名前を強調して社長は言う。

「それは誠心誠意、わたくしめが精一杯お願い申し上げたからですね」

「優秀な俺の元秘書の門内をもってしても首を縦に振らなかったあの江角家に？」

胡乱《うろん》な目を向ける社長に私はとりわけ笑顔を作ってみせる。

「ええ。女性の方が、当たりが柔らかくて良かったのでしょう」

「それだと、まるで君が一度でも門内より人当たりが良かった事があるみたいな言い方だが」

まあ、何という失礼な人でしょうね。

社長、何ですかとにっこり睨み付ける私に門内さんがまあまあと宥める。

半年前、優華さんたちの婚約披露パーティーの準備としては早いが、世界的にも著名な音楽一家である江角家の予定を取り押さえておくために一足早く門内さんが江角家との交渉に向けて動いた。しかし、交渉が失敗したことを受けて、私が江角家へと足を向けた。もちろん彼に会うためだ。


「木津川晴子と申します。お初にお目にかかります、江角奏多様」

私は江角奏多君に面会を申し出ると、瀬野家の使いという事で許可を得て、居間へと通された。

「……瀬野先輩のお兄さんの会社の方ですか」

私が出した名刺に視線を落とすとそう言い、すぐに顔を上げた。

彼と会うのは私が過ごした学園時を最後に約半年ぶりということになるわけだが、この時期の男の子は成長が早いものだ。学園で会った時は儚《はかな》げな中性的な顔立ちの彼だったが、今では少し精《せい》悍《かん》な顔つきになったように思う。

そして優華さんになっていた時の自分との身長差で少し感覚にずれがあるものの、もしかしたら身長も伸びたのではないだろうかと感じた。

「瀬野先輩と二宮先輩の婚約披露パーティーの事かな。確か、以前に父がお断りしたと聞いていますが」

「ええ。ぜひ奏多様のお力添えを頂ければと思い、参りました」

「どうして僕に？」

怪訝そうにこちらを見つめる彼。私は邪気無《じゃきな》さげに、にっこりと笑みを浮かべた。

「同じ学舎で共に学び、共に生活してきたお仲間の一人としてお願いできないかと」

「申し訳ないけれど、お力にはなれそうにありません」

そう言って私の名刺をテーブルに置くと、彼は腕を組んだ。

「ご存じかと思いますが、うちも来年僕が卒業次第、正式に柏原家と婚約発表する予定です。柏原家と瀬野家は表面上、日本を支える財閥として協力関係にあります。しかしそれはあくまでも表向きだという事はお分かりですよね」

実際は犬猿の仲だという噂だ。

とは言え、この話を進めたところで今現在、柏原家に何らかの影響があるわけで無い。何かあるとしたら、ただ『嫌だ』という気持ちだけだろう。婚約騒動で、恨み辛みもあるかもしれない。

まあ、最初から私の一点の曇りも無い満面の笑顔だけで快く了承してくれるとは思っていなかったけれど……やっぱり残念だな。

心の中でこっそりと一つため息を吐いた。

「それでは柏原家の方にご了承頂ければ、ご協力頂けるということでしょうか」

「そうだけど。それは無理な話だよ」

彼は段々ぞんざいな話し方になってきた。

早く話を切り上げたいのだろう。こちらも同じだ。

「それでしたら問題ございません。必ずやご協力頂けると思いますわ。柏原静香様にはこうおっしゃって頂けましたから。『今回の件は私にも責任があります。お咎めなら私にも』と」

「……え？」

言葉を聞き漏らしたかのように目を見開く彼に私はさらににっこり笑う。

「そしてあなたはこうおっしゃいました。『どんな形でも必ず責任は取ります』」

「なっ⁉」

「今回限りですわ。今回限りお引き受け頂ければ、これをお渡し致します」

私は優華さんから預かっていた携帯を操作して、あの日の会話を流す。

何でも残しておくものですね。

「瀬野先輩の差し金か！」

途端に彼は警戒心露わに、こちらを見つめる眼差しを強める。

まあ、随分な態度だこと。自分がやった事も私の慈悲も忘れてしまったというのかしら。恩を仇《あだ》で返すとはまさにこの事。

私は構わずに、笑みで返した。

「……いいえ、江角奏多様。お忘れですか？『然るべき時期に然るべき処分を下しますわ。その時、万が一約束を違えたらもちろん分かっておりますわね？』。……そう、申し上げたはずですわ」

あの日の優華さんの表情と私が重なったのだろうか。彼は青ざめて茫然と呟いた。

「瀬野……先輩？」

私はそれには答えないで、ただ笑ってみせた。

「良いお返事をお待ちしておりますわ、江角奏多様」

あの時は脅迫した感じで後ろめたさはあった。ああ、切り札って脅迫ネタなんだっけ。そう言えば自分で言っていた……。

でもこれで優華さんの披露パーティーに箔《はく》をつける事ができたわね。まさか格安で引き受けてくれるとは思わなかったけれど。

とは言えやっぱり良心が痛むわけで。

「私って罪な女……」

若干自己嫌悪に陥ってぼそりと呟くと、社長と門内さんが顔を見合わせた。そして社長が言う。

「木津川君。それはイイ女だけが許されるセリフだ。とりあえず『罪な女』に謝っておけ」

何をー!? 人がせっかく反省しているのにこの社長ときたら。今日という今日こそは許すまじっ。

詰め寄る私に門内さんが中に入って宥めながら、今日という日は過ぎて行ったのだった。

❖　❖　❖　❖

コンコン。

扉がノックされると同時に開かれた。

相手は誰か分かる。お願いですから、とりあえず返事を聞いてから開けて下さい、社長。ワタクシがお着替え中だったらどうするんですか。別にどうもしないって? それは失礼いたしました ー!

「木津川君。準備はできたか？」

「……できたかって何ですか、これ」

パーティー当日、いきなり社長に着替えろと控え室にポイと放り込まれたかと思うと、スタイリストさんたちが一斉に押し寄せ、髪を纏められ、顔にはすっかり特殊メイクを施《ほどこ》された。

メイク後はドラマの中のセリフみたいに思わず、え、これが私？　って素で言っちゃったよ。恥ずかしかったわ。

そして胸元には光輝くアクセサリー、服は品を保つ程度に右足部分にスリットが入った青色のロングドレスを着せられたのだ。

「こんな格好じゃ、何かあった時の対応に当たれませんけど」

私は自分の格好を改めて見下ろすと、社長へと振り返った。すると社長は目を見張って呟いた。

「……化けたな」

別に誉め称え崇《あが》め奉《たてまつ》れとは言わないが……。自分でも考えていただけに、思わずむっとしてしまう。

「人を狐か狸みたいに言わないで下さい」

動物はどちらも可愛くて好きだけどね！

「冗談だ。綺麗だ」

今度はあっさり賛辞を頂いたが、言い慣れた感に全くありがたみがなく、どうもありがとうございます社長にそんなお言葉を頂けるとはとても光栄です、とこちらも眉一つ動かさず棒読みで社交辞令のお返しをした。

社長はそんな私の態度に苦笑する。

苦笑したいのはこっちなのですが。

「今日はイベントスタッフじゃなくて、俺の付き添いをしてもらう。スーツ姿だとおかしいだろ」

「はぁ……そうですか」

優華さんのパーティーだもんね、兄である社長も色々前に引っ張り出されるのかと考えていると、コンコンと扉が鳴る。

「はい、どうぞ」

「失礼致します。社長がこちらにおられると伺ったのですが」

と、入って来たのは門内さん。

門内さんも本日は正装用のスーツを着用しているけれど、彼は背も高く、服負けしない風格でとても格好いいです。……え？　社長ですか？　少しムカつきますが、言わずもがなでしょう。

私を見ると一瞬驚いた表情になるが、すぐにいつもの柔和な笑みを浮かべた。

「木津川さん、とてもお綺麗です」

「あ、ありがとう、ございます」

真っ直ぐ見つめてくる門内さんに頬が上気する。

うわぁ、門内さんに綺麗とか言われちゃったよ。さすが社長の言葉とは重みが違うね。

頬にほのかな熱を感じる。

すると社長はふっと笑った。

「気にするな。この男は誰にでもそう言う」

あなたの言葉の方が気にするわーいっ！

普段は口数が少ないのに、なぜかいらぬ時にほんっとに、一言も二言も多いのよ社長は。

思わず眉が上がると、門内さんはまあまあ、笑顔の方がより美しいですよと言うので、振り上げた拳を下げる事にした。

横では社長、素直じゃないですよと門内さんが苦笑している。

心配しないで門内さん、社交辞令はもう先に頂いているから。

「じゃあ、二人に挨拶に行くか」

「はい」

来客入り前の会場に足を運ぶと、優華さんと悠貴さんが既にスタンバイしていた。

「優華、悠貴君。今日はおめでとう。とても綺麗だ」

「社交辞令、ありがとう存じます」

優華さんは上品に、でも若干棘《とげ》のある言葉と共に小悪魔的な笑みを浮かべて挨拶する。それに対し、社長は社交辞令じゃないよと苦笑している。

苦笑が多い日ですね、社長。

「優華様、悠貴様。本日はおめでとうございます。優華様、本当にお綺麗です」

続いて私も挨拶する。

いつもの優華さんもとても綺麗だけど、今日は一段と華やかだ。

自然と頬がほころんだ。

「ありがとうございます、晴子様。晴子様もとてもお綺麗ですわ」

美少女に言われて悪い気分にはなりませんね。

するとと悠貴さんは特有の色気を含んだ、でも爽やかな笑みを浮かべた。

「晴子さん、僕たちのためにこれまで色々ご尽力頂き、本当にありがとうございました。そしてこれからもどうぞよろしくお願い致します」

「いいえ。とんでもございません。こちらこそお願い致します」

そして少し話をしていると優華さんのご家族がお見えになった。優華さんのお父様とお母様だ。お父様とはここが初対面の場となる。優華さんや社長のようなクールな顔立ちとは違って、甘い顔立ちとでも言うのだろうか、柔らかな印象を持つ。

今もそうかもしれないけれど、若い頃はさぞかしモテただろう。そして優華さんと社長はどうやらお母様似のようだ。

「君が木津川さんだね。いつも息子がお世話になっているそうで、ありがとう。しかしこんな美しい人だったとは」

などと気さくに声を掛けて下さって、握手した腕をブンブン振りながら笑うお父様こそ何とナイスミドルな事よ。私はですね、顔は映画界御用達《ごようたし》の特殊メイクが施され、胸にはパッドが入っておりますので……。

続けてお父様はおっしゃる。ああ、ついでと言っては何だが貴之の嫁に来ないかい、この冷血の愚息には女性が皆嫌がって来なくてねぇ、どうだろう駄目かい？　ははは。あらあなた、そんな罰ゲームみたいな事、このお嬢さんが気の毒でしょうよ、でも引き取って頂けるとありがたいわねぇと優華さんのお母様も美しく笑う。

初めてお目にかかった時よりも雰囲気が柔らかい。優華さんが無事高校を卒業し、この日を迎えたからかもしれない。

しかし、さすが美形家族だなぁ。もう一人の息子さんはまだ到着していないが、彼も美形だと聞く。果たしてその彼はどちら似だろう。

……じゃなくて、散々言われていますよ、社長。内心笑ってしまう。ええ、私は立派な社会人ですもの、顔に出しては笑いませんよ私は。

「……木津川君、笑いすぎだ」

苦虫を噛み潰したような表情の社長を肴《さかな》に和やかな談話をした。そしてパーティーが始まるのだった。


パーティーは万事滞《とどこお》りなく運び、現在は最初の熱気から落ち着きを取り戻して、各々食事や会話を楽しんでいる。

すると社長の周りに美しいお嬢様方が集まってきたので、さり気なーく、じわじわその場を離れて行ったら、見捨てる気かとでも言わんばかりに社長は眉を上げなさった。

いやいやだって、女性方がこちらを睨んでいらっしゃるのですもの。ワタクシはお邪魔虫のようですので、どうぞお一人でご対応なさって下さいませ。

私は壁の華になりつつ社長から視線を外して周りを観察すると、本日は正装している松宮君の姿が目に留まった。

うっかり忘れていたが、大手財閥のご令息でもあった松宮君もまた色々な大人に囲まれ、落ち着いた対応をしている姿がなかなかに凛々《りり》しい。とりあえず高校卒業後は優華さんたち同様、大学へ進学するとの事だが、これから様々な経験を積んで、あるいは帝王学なるものを叩き込まれて、さらに風格が出てくることだろう。

一方、本日コンタクトレンズ着用の早紀子さんと言えばそれはもう、モデル顔負けの美しいお姿ですから、殿方が放っておくはずもなく、若いイケメン男性方に囲まれているのが見えた。

早紀子さんは美しく微笑して応対しているようだが、しかしてその実態は、男性に対して興味は皆無で、むしろ周囲に気を配って何かネタ探ししているように見受けられた。

さすが早紀子さん、ぶれないね。

さらに見渡していくと有村さん、沢口さん、佐々木君の姿まである。少し緊張感のある面持ちを浮かべながらも、この場を楽しんでいる様子。

彼らとも交流が続いているようで良かった。

そして脅してごめんなさい、江角君や柏原さんの姿も見られた。

江角君も演奏の一奏者として先ほどまで参加していたが、さすがに引き受けたことはきっちりこなしてくれている。

ふと江角君と目が合い、感謝の意を込めて会釈し、顔を上げると彼が苦笑しているのが見えた。

改めて後で挨拶に伺おう。

彼から視線を外して、少し離れた所に羽鳥蘭子さんの姿も見つけられた。

招待客の手配は別の人が担当だったが、羽鳥さんの件だけは私が約束通り、羽鳥さんの実家、成田グループを優先するよう手配したのだ。彼女の二年間を買った事で十分とも思えたが、それでも後一年、楽しく過ごしてもらいたかったから。

……うん、良かった。笑っているわ。

ああ、それにしても疲れた、本当に疲れたわ。この一年、駆け抜けて来たせいかもしれない。一区切りがついてきっと気が抜けたんだろう。

少し外の空気を吸おうか。そう思って廊下に出た。

会場では社長が血相を変えて私を探しているのも知らずに。そして――。

「やあ、久しぶりだね、木津川君」

聞いた事のある低い声にびくりと肩が震え、視線を上げてその姿が目に入ると私の表情は凍り付いた。

14. 目覚めたら記憶喪失で……

「随分、出世したようだね」

「か、ちょう……。ど、して、ここに」

「一応、うちの父も瀬野傘下の会社社長だからね。今日は父が体調を崩して代わりにやって来た。それにしても君……」

柳原課長は無遠慮に私の頭の先から足へとじろじろと眺めると皮肉げに笑う。

……ああ、この笑い方だ。

かつて見た彼の笑みに心臓がドクドクと高鳴る。

「また懲りずに枕営業しているのか。思考は甘ったるいガキなのに、やっている事は大人顔負けだな」

いつか聞いた単語が私を襲うと体中の血液が沸騰し、熱を帯びた身体が震えだした。怒りで……震える。

何も知らないくせに。何も知ろうとしなかったくせに！

「そんな、こと……」

喉の奥が熱くなって言葉が擦《かす》れる。それでも冷静になろうと強く拳で怒りを握り込む。

「そんな事していません。今も……以前も。私の能力を買って育てて下さった社長のおかげです」

「はっ、どうだか。女の社長秘書なんて所詮お飾りで、社長をお慰みするためだけのものだろ」

「あな、たと言う、人はっ！」

私だけでなく、社長まで侮辱している事をこの男は気付いているのか。

「しかし君みたいなのを置いて、どこが良かったんだか。ああ、堅物そうな君が発情期のメス猫のように鳴く様子は更にギャップがあって良かったのかな」

「……っ⁉」

キンという鋭い音と共に目の前が真っ赤に染まり、頭が朦朧《もうろう》とした。身体がふらつく。

次にこの男に会った時には絶対怒りに任せて全てをぶちまけてやろうと考えていた。なのに実際その場に立つと言葉が詰まって出てこない。

結局、私はあの日から何一つ変わることができていなかったのか。

何も言い返せない私に課長は喉の奥で笑うと一歩足を進ませ、私の震える肩に手を伸ばそうとする。

「でもまあ、今の君ならそう悪くもないな。一度、俺にも試させ――」

「それ以上！」

怒りがこもった鋭く冷たい女性の声が課長の言葉を遮る。そして二つの高い靴音が自分の横を通り過ぎると、私を庇うように両側に立ちはだかる二人を目にした。

「それ以上、晴子様を侮辱しようものなら瀬野家の権力を使ってまでも全力であなたを潰しますわっ！」

「そうね。その時の優秀な弁護士の紹介なら私に任せて。セクハラ・モラハラ・パワハラ、何で訴えてほしい？　お好きな物を選んでちょうだい。社会的抹消に至るまで徹底的につぶしてくれるいい弁護士がいるのよ」

この世に救いなんてないと思っていた。ヒーローなんていない。誰も助けてなんてくれないと思っていた。ただ世の中の不条理に流されていく毎日だと、そう思っていた。

救いはきっといつだってすぐ側にある。自分が頑張っただけ、応えてくれるはずだ。きっと、いつかどこかで報われる。……そんなのは夢の話。何もかも全て虚飾に満ちた自分に都合のいい世界。

そう思っていた。

それでも――。

誰かの腕がふらつく私の腰を支え、誰かの手が私の肩に力を添えるかのように置かれた。

「自分が仕事ができないからと言って、優秀な人材を潰そうとするとはずいぶん器の小さい人間ですね。あなたの下で働く方々は気の毒としか言いようがない」

「二宮はホント誰に対しても平等に辛辣《しんらつ》だな。ま、得てして当たっているんだけどな。人の上に立つ人間がこんな奴なのかと思うと——っ、反吐《へど》が出るっ！」

それでも本当はもう一度信じたかった。

ヒーローなんていなくてもいい。たった一人でいい。膝をついた自分に手を差し伸べてくれる人が欲しかった。そしたら、きっと明日からまた頑張れるから。そう、毎日願っていたから。

目の前の景色が滲《にじ》んで歪み、自分が泣いている事に気付いた。

これまで流れた涙は肌に冷たく、心を冷やすばかりで癒されたことなどない。なのに今、頬を伝う涙はなぜ温かく、こんなに優しいのだろうか。

「残念だな。地方へ飛ばしただけでは足りなかったか」

「社、長……」

「君の所の営業部、追跡調査させてもらった。君が行くまではいい営業部だったんだがな」

足音を鳴らし近づく社長はうんざりしたため息を一つ吐いた。

「ビジネスの格言にこういうのがある。『一匹の羊に率いられた百頭のライオンの群れよりも、一頭のライオンが従える百匹の羊の群れの方が強い』とね。つまりビジネスではリーダーの資質が問われる。どんなに優秀な人材が揃っていても、人材を正しく評価し、相応しい仕事に配置させるリーダーでなければ良い成果は望めないって訳だ」

柳原課長は顔を青ざめて、社長を見つめている。きっと社長が次に口にする言葉が分かってしまったのだろう。

「君は優秀な人材を潰す側の人間のようだ。君に相応しい役職を改めて与えることにする。人事変更は後日通達するので、身辺整理して待っていたまえ」

社長が最終通達をすると、課長は糸が切れたようにその場に崩れ落ちた。

「晴子様っ！　大丈夫ですか！」

振り返る優華さんを余所に私は声も無く、歪む視界の中、課長をただぼんやり眺めていた。

結局この人は、最初から最後まで私の事なんて何一つ見ていなかった。見ようとはしなかった。認めてなんてくれなかった。

――人の権力で押さえ込んだところで一時凌ぎに過ぎない。

いつかの言葉を思い出す。

そう、人の権力で彼を押さえこんだところで、それで私が認められた事にはならないのだ。

――人の気持ちを変えなければ、根本的な解決にはならない。

ああ……そうか。そうだったんだ……。

「晴子さ、ま……？」

ゆっくり足を進める私に気付いたように支えてくれていた腕と手は自然と離れ、前に立ちはだかっていた二人は道を開けてくれた。

そして私は課長の前に立って見下ろす。

「……課長」

張り詰めた空気の中、私が声を掛けると、彼はのろりと顔を上げた。先ほどの勢いを無くし、憔悴した表情だった。

愚かな人。私に暴言を吐かなければ、少なくとも今の地位を守ることができただろうに。それでも言わなくては済まないほど、取るに足りない部下の私に意見されて、課長は憎しみを抱いていたのだろうか。不満を抱いていたのだろうか。屈辱的だったのだろうか。だとしたら……。

私は手の甲で涙を拭った。

「課長。私、頑張ります」

課長は私の言葉に目を見張った。

「次に会う時こそ課長が私を認めざるを得ないくらいの人間になってみせます」

そう。今の地位は皆の力があってこそなのだから。

「だから今度こそ課長も『私』を、『人』を見て下さい」

「っは。次ね……。もう二度と会うこともないだろう」

「だったら私が会いに行きます。その時、まだあなたが今と変わらなかったら……」

大人の女なら大人の対応が必要だ。だけど……私はそう、子供なんですよ。頑張った分だけいつかどこかで報われるはずだと信じたい甘ちゃんなんですよ。

私は所詮、等身大でしか生きられない。だったら私は私なりのやり方で対処する。

子供上等！　むしろ大人の女でいてたまるものですかっ！

私はスリットの入ったドレスの裾を持ち上げ、片足を勢いよく上げると、驚愕《きょうがく》の表情を浮かべた課長に向かって一気に振り下ろす。

そして――。

床にヒールで叩きつけた甲高い音と課長の声にならない絶叫が共鳴するかのように廊下に響き渡った。

「今度は……今度こそ、このヒールであなたの頭を踏み躙《にじ》って思考の構造を変えてさしあげます」

課長は顔を青ざめて、尻餅《しりもち》をつくようにのけぞっている。

私はとどめと言わんばかりに床をヒールでグリグリと一捻《ひね》りすると、バサリと裾を払った。

全てがすっきりしたわけでは無い。思いの全てを吐き出せた訳ではない。だけど茫然と青ざめる課長の表情を見て、気持ちが少しだけ軽くなった気がした。

これで皆にかけた迷惑の責任を取れた訳でないのも分かっている。それでも課長にプライドを踏みにじられた人たちが課長のこの末路を知って、自分が培《つちか》ってきた誇りを少しでも取り戻してくれたらいいと、そんな風に思った。

するとーー。

「……った」

課長は掠《かす》れた声で何かを呟いた。

「え？」

「悪かったと言った」

眉をひそめて聞き返した私に、諦めのような、それでいて、渋々といった苛立ちをにじませた課長の言葉がとても小さく私の耳に届いた。

課長から私に向けての謝罪だ。そう、課長からの謝罪のはずなのに、なぜか心に言葉が響いて来ない。それどころか、今少し軽くなったはずの気持ちがまたざらつき、そして虚しささえ湧き起こってくる。

謝罪の言葉とはこんなにも軽く、虚しさを生むものだったのだろうか。それならば謝罪の言葉なんて欲しくは……。


——私はあなたに絶対謝らない！


支社での最後の日、先輩の山崎さんに言われた言葉がなぜか頭に過《よぎ》った。

山崎さんは新入社員の私に手取り足取り教えてくれた厳しくも道理の通った先輩だった。あの時の言葉はただ苛立ちの感情だけで言ったのではなかったのだ。

人は何ら責任を取らなくても謝られてしまえば、それ以上、その人を憎む事ができなくなってしまう。憤りを逃がす場所がなくなってしまう。

一方で、謝った方はそれで気が済んでしまうものだ。謝ることで罪悪感から逃れられる。

謝罪というものは謝る側の自己満足で、被害側の人間にとっては一番聞きたくない言葉なのだ。

……謝ってしまった、そして謝られた自分だからこそ何よりも分かる。

山崎さんは敢えて憎まれ役を買って出てくれたのだと、自分が口にした言葉の責任を取ろうとしていたのだと、今気付く。

最後まで彼女は私を教育してくれていたのだと。

「……課長、謝罪は相手に責任を全て押しつける言葉です。謝ったから許せと強要する言葉です。それをお分かりの上でそうおっしゃるのですか」

そう言って課長を静かに見下ろすと彼は目を見開いた。

私は許したくない。言葉の重さを知らない、自分の言動の責任を取ろうとしない今の彼の口から聞きたくはない。

「では……俺はどうしたら」

最初は謝ってくれるのならば許せると思った。だけど謝ってくれたはずなのに許せなかった。だったら課長がどんな言葉を掛けてくれたら、どんな行動をしてくれたら許せるのか。それは……。

「私だって分かりませんよ」

自分の気持ちのはずなのに分からない。どうしてくれたら自分が納得できるのか、分からない。少なくとも分かるのは今の課長からは聞きたくないという事だけ。

そうだ。いじめの被害者だった彼。彼も謝られて複雑な気分だっただろう。そして加害者だった村崎君たち。高校生の彼らもおそらく謝罪に対して何から始めればいいのか分からなかっただろう。それでも謝って済んだと思わずに、きっと彼らなりに一生懸命考えて自分たちの言動に責任を持とうと動き出した。

彼らの方が私たちよりよほど誠実で大人だ。

「私も何も分からないから、どうすればいいのか分からない。ただ、これから自分が頑張るしかないと。行動で見せるよりほかないとそう思っているんです。だから――」

課長、あなたも。

最後の言葉は言わなかった。それを強要したところで、自分で変わろうと思わなければ、何も変わらないから。

「そうか……」

課長はそうぽつりと呟くと、やがておもむろに身体を起こそうと身じろいだ。

私は一瞬ためらったものの、課長に手を差し伸べる。けれど彼は首を振った。

敵から塩は受け取りたくないということだろうか。……それとも彼が私の震えた手に気付いたからだろうか。

そして課長は自力で立ち上がってこちらを見下ろすと何かを言おうとした。しかし口を閉ざし、ただ目線だけで会釈してそのまま身を翻した。

ここから退場して行く課長の背中が何だかやけに小さく見える。

彼は変わるだろうか、それとも何も変わらないだろうか。そして私は、いつか彼の謝罪の言葉を素直に受け取る事ができる日が来るのだろうか。あるいはやっぱり許せなくて、ピンヒールでグリグリと踏みつける日が来るのか。それはそれでスッキリして悪くなかったりするかも、なんて思ったりしてね。

そんな姿を想像して少しおかしくなった。

……ああ、それにしても意外と膝がじんじん痛むわ、何てこったい畜生め。

そんな風に頭の中で口汚く罵っていた私だったが、やがて辺りがしーんと静まりかえっている事に気付いて、漸《ようや》く血の気が引いてきた。

さてこの空気どうしましょうか。……何で私はいつも後先考えないかなぁ。

恐る恐る振り向く私にその時小さく、ぷっと誰かが吹き出した。

「……っは、はは、ははははっ！　お前、すげー迫力。やっぱラスボス魔王様だわーっ！」

逆にこの張り詰めた空気を破る勇者は君か、松宮千豊クン！

「松宮君、君は間違っている。この場合は『女王様』の名がふさわしいよ」

うん、悠貴さん、S&Mが関わってきそうなその通り名はやめようか……。

「いや、あの格好は桜吹雪のお奉行様だったと思うが」

社長、あなたも時代劇が好きなんですね。おめでとうございます。私の中で好感度が1ランクアップしましたよ。

「格好良かったわよ、晴子さん！　忘れない内にっと。——彼女はドレスの裾をたくし上げると足を振り上げ一気に叩……」

や、あの。早紀子さん、嬉々《きき》として私の行動をネタとしてメモらないで下さいますか。

そして——。

「晴子様……」

優華さんは私に駆け寄って来ると、少し背伸びして、首にぎゅっと抱きついてきた。

「わたくしは晴子様が……好き、大好きですわ」

「ありがとう、優華さん」

私は優華さんを抱きしめ返すと、肩に熱い雫が落ちてくるのを感じる。

……そうだ、私には自分のために涙を流してくれる人がいた。

あの職場での日々は決して悪い事ばかりではなかった。一緒に協力し合い、一緒に苦しみ、一緒に笑い合った事だって一杯あった。

なのに、気付こうとしなかった。肩肘ばっかり張って周りを見ようとはしなかった。

そして私のミスをフォローしてくれていた同僚にも気付かないふりをして、私はただ悲劇のヒロインになっていただけだったのだろう。

……本当に何も見ていなかったのは私の方だったのかもしれない。

「本当に……ありがとう。私も優華さんの事が大好きよ」

私はさらに強く抱きしめる。そして視線を変えて、早紀子さん、悠貴さん、松宮クンを見た。

「ありがとう、皆」

最後に社長を見つめた。私は優華さんの背中からゆっくり手を離すと、優華さんも釣られたように私を解放してくれる。私は社長に近づくと頭を下げた。

「木津川君……？」

私は顔を上げると、笑ってみせた。もう涙はない。

「社長、今まで本当にありがとうございました」

「……何を言っている？」

人から見れば、訝《いぶか》しそうに私の事を見つめている社長のその瞳も本当は気遣いの瞳だったりする。そんな事にも気付いた一年だったたな。私は確かに人の優しさに支えられここまでやって来たんだ。

そう思うと自然と笑みがこぼれた。

「社長のご厚意に甘えてこの一年やって来ました。ですが、私にもう一度、一からやり直すチャンスを頂けませんか。誰にも負けないくらい力をつけて、人の役に立つ人間になりたいんです」

それが課長に対する私なりの敵討ちだと思うから。未熟な私をここまで使ってくれた社長に対する恩返しでもあると思うから。……そして優華さんたちが差し伸べてくれた手に対してふさわしい行為で応えたいと、そう思うから。

社長は私の揺るぎない決意を見て取ったのか、ため息を吐いた。

本当にいつも迷惑ばかりかけてすみません。

「分かった。ただし」

「は、はい」

社長の『ただし』は嫌な予感しかないのですが。

「こちらの業務が滞った場合、すぐさま戻ってもらうからな」

何だかんだ言って、社長は私の帰る場所を用意しておいてくれる。

そう思うと胸が熱くなった。

「はいっ！　ありがとうございます！」

そうして私の敵討ちという名のやり直しの人生は今まさに始まるのだった——。

❖ ❖ ❖ ❖

「……とか思っていたのに、何なんですかっ。たかだか一週間で呼び戻すなんて」

私は腰に手を当てて、社長室の椅子にぞんざいに座っている社長に抗議の目を向ける。

「仕方ないだろう。社長秘書に据えた奴が一週間で音を上げたんだから。君がいなくなってから業務は滞るし、こっちは大変だったんだ。むしろ一週間も我慢してやったんだから感謝しろ」

そう言ってイライラした様子の社長はいつもの飄々《ひょうひょう》とした態度ではなく、どこか疲れ切った表情をしている。

確かに何やら大変だったというのは見て取れる。取れるが……。

「横暴だぁ。せっかくこれから頑張ろうと思っていたのに……」

肩を落とす私に社長はふんと鼻で笑った。

「横暴結構。俺は社長、君は単なる一社員だ。どちらの意見が通るか分かるな？」

「っ……また権力ですか」

やっぱり権力なんて嫌いだぁ。会社組織に属している以上、いや、この世で生きている限り、それらから逃れられないのは分かってはいるのだけれども。

「その通りだ。強い者が勝つ。これは世の常識だろ。それより溜まっている仕事、さっさとこなせ。未来より今、役に立て」

「うっ……」

あまりの正論に続けて抗議する勢いを失っていると、テーブルにどさりと頭の上までうずたかく積まれた業務書類を渡してくる。

一瞬、とんでもない量に思わず目を見開いて固まってしまいましたよ、何の冗談ですか、これっ！

「な、なっ、何ですかこの量！　何で、一週間でこんなに溜まるの⁉」

やめて。驚愕過ぎて今にもわなわなと震え出しそうですよ、私っ！

「君が優秀過ぎたんだろ。以前の君と同じ量を言いつけたら、できるわけがないと泣いて猛抗議されたよ」

猛抗議って……。

確か私と入れ替わりに社長秘書になったのは以前、社長秘書の辛さに嘆く私に『うふふ。私はこれから彼とデートなの。あなたは社長とデート頑張ってねー』と投げキッスしてきた宮川美奈子さんだったはず。

そうか、彼女も社長の洗礼を受けたか。ふふふ、リア充に天罰が下ったぞヨシと仄暗《ほのぐら》い笑みが浮かんでしまうのは仕方ないことだろう。

「なるほど。笑っていられるとは余裕だな。少し手伝ってやろうかと思ったが気が変わった」

「え⁉　ち、違っ」

「考えてみれば、この一年ずっと君の能力基準でスケジュールを組んでいたんだ。全部君が責任取って何とかしろ」

「なあっ⁉　や、やっぱり、やっぱり……。ああいや、もういや。やっぱりこんなブラックな上司のブラックな職場、やだー」

私は頭《こうべ》を垂れ、テーブルに手をついてぼやく。もぅマヂ無理。意識飛ばそ……。

「後生ですから次に目覚める時には、私をもう一度記憶喪失にしておいて下さい」

「ばーか。誰が忘れさせるか」

顎を掴まれ、仰ぎ見て目に入るのは意地悪そうに笑みを浮かべるイケメン社長のドアップ。

「ほら、馬車馬のようにキリキリ働け、俺の社畜よ」

社畜とな⁉　私は会社カースト制度の最下位ですか。

ああ、私が柳原課長を見返す立派な人間になるまでの道のりは果てしなく遠いようだ……。

番外編　約束に込められた松宮千豊の想い

「松宮くーん！」

満面の笑みを浮かべ、手を小さく振るのは木津川晴子。その横にいるのは瞳に冷たい光を湛《たた》えた威圧感のある男、瀬野財閥の御曹司、瀬野貴之社長。

二人の激しい温度差に苦笑いしながら、俺は彼らに近付いて行くと、まずは瀬野社長に頭を下げた。

「こんにちは」

瀬野社長がこちらに会釈を返そうとした時。

「ごきげんよう、晴子様ぁ！」

「うぐっ⁉」

どこから現れたのか、瀬野社長の妹、瀬野優華が木津川にタックル……いや、助走ついた勢いのまま抱きついていた。

瀬野社長は頭が痛そうに少し眉をひそめる。

「優華、はしたないぞ。……それに木津川君が窒息しかかっている」

「えっ、そんな！　晴子様、死なないで下さいませ」

「だ、大丈夫。でも、その前に殺さないで……」

瀬野優華はその言葉に慌てて木津川から離れると、木津川は苦笑いした。

その様子を呆れながら見ていた俺だが、横から声を掛けられる。

「こんにちは、松宮君」

視線をそちらにやると、そこにいたのは瀬野優華の婚約者、二宮悠貴だった。

「ああ、二宮」

「優華が晴子さんに迷惑を掛けているみたいだね」

「うん、まあ。いつもの挨拶だろ」

「それもそうだね」

にっこり笑う二宮に俺は苦笑を返すと、周りの場が少しざわつくのに気付いた。

「……ふーん。まだ完全には行き渡っていないんだな」

「え？　何が？」

二宮は首を傾げて尋ねる。

「俺たちがこうやって普通に集まっている事を」

「ああ。うん、そうだね」

現在、この場は政界、財界のお偉方が集まるパーティー会場だ。

松宮財閥の息子として、高校を卒業してからこういう場に積極的に出席するよう家から義務化されているために参加している。

政界の中枢を担《にな》う一門、二宮悠貴、財界の中枢担う大財閥家の瀬野優華もまた同様だ。

誰が何と言おうと政治と金は切り離せない。しかし、全てが仲良しこよしかと言えば、そうではない。

派閥もあれば、同じ土俵の上に立つ相手なら表面上は当たり障《さわ》りのないよう接するが、裏では互いを嫌い合い、ライバル視している部分は少なからずある。

うちの松宮財閥と瀬野財閥もそのような関係で、父からも瀬野財閥のご当主並びにその血を色濃く継いだ瀬野貴之は食えない相手だから注意するように幼い頃から叩き込まれていた。……正直な話、昔から瀬野社長は格好いいと思っていたが、父には黙っている。

また、俺と同年代の子供がいるが、できるだけ集まらないように、しかし表面上の付き合いだけはしておくようにと幼い子供には難しい注文をつけられていた。

この業界ではそれらを暗黙の了解として知られている中で、財閥家の子供同士が普通に談話している場を見れば、俺たちの繋がりを知らない人間からすれば、異様に見えるのだろう。

「そう言えば、晴子さんが君のお父さんに初めて会った時の対応、面白かったねー」

「……ああ、あれか」

その時のことを思い出す。


瀬野優華と二宮の婚約披露パーティーの場にて、あくまでも社交辞令としてだが瀬野社長にも挨拶に行くぞと父に言われて向かった時の出来事だった。

「やあ、瀬野さん、そして二宮さん。こんにちは。本日は誠におめでとうございます」

「ありがとうございます」

瀬野社長と瀬野優華、そして側にいた二宮も同様に挨拶を交わす中、木津川は俺を見ると口パクで、もしかして俺の父かと尋ねてきた。俺が頷くと、彼女はなぜか途端に目を輝かせた。

瀬野社長もそんな彼女に気付いたのか、秘書の木津川ですと紹介すると、木津川は待っていましたと言わんばかりに両手を差し出す。

「木津川晴子と申します。どうぞよろしくお願い致します！」

初対面なのに、なぜかきらきらした瞳で見てくる、しかも両手を差し出す木津川に父は若干引き気味だった。

確かに控えめが良しとされる秘書らしからぬテンションだ。まして俺の父は瀬野社長とはまた違った威圧感のある、初対面では笑みを浮かべても怯えられる強面《こわもて》だ。怯むどころか、なぜか輝くような笑顔すら見せてくる相手に戸惑うのも分からなくはない。

しかしそこは大人の対応で、父がそつなく挨拶して握手をすると、彼女はぶんぶんと力強く手を振る。

これ以上、主導権を握られてはたまらないと思ったのか、すぐに手を外そうとしていた父だったが、木津川はしっかり握りしめて離さず、とうとう社交辞令の笑みが剥がれて困惑する父に心の中で大笑いしたのはまあ言うまでもない。

そして木津川は言う。

「松宮君のお父様！」

「は、はい！」

「ご令息、千豊さんはとても素晴らしいお方ですね！」

「……へっ」

「こんなに美味しいキャラ属性に――違った、こんなに素敵な息子さんへとお育てになった偉大なる奥様に是非とも感謝の意をお伝え下さいませっ！」

人間、子供と妻を誉められて怒る者はいないというもので、また、母の事を未だにベタ惚れしている父は最初の警戒心を瞬く間に解き、その強面の頬を紅潮させた。

「そ、そうですか！　そのようなお言葉を頂いて光栄です。よろしければ、妻にお会いになりますか？　ご紹介致しますよ」

「よろしいのですか⁉　是非！　是非お目にかかりたいです」

「ではどうぞ。あそこにいるのが妻なんです。さあ、参りましょう！」

「はい！　社長、それでは少し失礼致しますね」

振り返る木津川に瀬野社長は必死に戸惑いの色を消して頷いているのが、なぜか見て取れた気がした。

「じゃあ、瀬野社長、少し木津川さんお借りしていきますなー」

母に見せるような邪気の無い本当の笑顔を浮かべた父と木津川は、母がいる場所へと向かって行った。

「あの時、君のお母さんともかなり盛り上がっていたね」

「何で盛り上がっていたのかは敢えて聞きたくないけどな……」

しかしあの出来事以降、父はすっかり木津川が気にいったようで、社交辞令だけであっさりと済ませていた挨拶がなくなり、瀬野社長と談笑するようにもなったし、俺たちが集まることに渋い顔をするどころか、笑顔でそうかそうかと頷くようになった。

「何と言うか、無自覚にすごいよね、晴子さん」

「……だな」

それに、一部の人間から美しき鉄仮面《てっかめん》と揶揄《やゆ》される瀬野社長の表情を柔らかくさせる人間なんて、目の前の彼女くらいじゃないだろうかとさえ思える。

もしかしたら、彼女が身にまとう温かな色は凍り付いた心を穏やかに溶かしていくのかもしれない。

そうだ。初めて木津川、中身が木津川晴子の瀬野優華に会った時も確かそう思った。

❖ ❖ ❖ ❖

それは俺が学校の庭にいた時だった。

すみませんと言うしおらしい声で振り返った先にいたのは、この学園で庶民の生徒をいじめているという瀬野優華。

普段、いじめに関して瀬野優華に苦言を呈《てい》しに行っている俺に対して、彼女が話しかけてくるという事に一瞬驚きを隠せなかったが、すぐに意地悪く笑ってしまった。

階段から落ちたと聞いた時、普段の行いに対する報いだと思ったからだ。

ところが、いつもなら目を伏せて足早に立ち去る瀬野がうんざりしたようにこちらを睨みつけた。

普段の瀬野優華が静謐《せいひつ》を思わせる水色ならば、苛立ちを見せる目の前の彼女がまとう色は生命あふれる炎の色だ。オーラの違いに思わず手を掴んで彼女を引き止めてしまった。

悪意を持って接する俺に逸らすことなく真っ直ぐ俺の目を見る彼女から、色眼鏡で見る自分を恥じろと言われた気がした。

そして二度目に屋上で会った時、あの時はそうだ、まさに放送事故レベルだった。今思い出しても苦笑いしてしまう。

ご令嬢たる気品あふれた所作の影も無く、ハンバーガーに大きな口を開けて食らいついた現場に遭遇し、固まること数分。

ようやく互いに思考を取り戻した時、見たなーと言わんばかりに目を吊り上げ、薄く笑みを湛える口元にケチャップを付けていた彼女はひと一人喰ってきた魔女と言うより、むしろ角と長い牙が生えた鬼女だと思った事は今でも内緒だ。

その後、開き直ったのか、諦めたのか、彼女が横に座るように言って、俺にハンバーガーを押しつけて来たのにも抵抗せずに従ったのは瀬野優華をもう一度自分の目で見極めたかったからだろう。

そう、あの時、思わず協力を申し出たのは詫びや真相追求が第一ではなく、これまで会ってきた瀬野優華とは違う強い光を灯《とも》した彼女の瞳に興味を惹かれたからなのだと今なら理解できる。

以降、必然的に彼女と会話を交わすことが増え、彼女の性格が見えてくる。

明るくサバサバしていて、正義感があり、それに伴う行動力もある。ただし、後先考えない無鉄砲さは本当に中身が社会人なのかと疑いたくなる事もあるけれど。

しかし一方では、どこか不安定で崩れそうになる脆《もろ》さが見え隠れする。もしかしたらそれは彼女の失われた過去に関係するのかもしれない。

ただ、何かに追われるかのように自分の感情を置き去りにしてまでも他人のために走る木津川の強さの源《みなもと》が彼女の弱さならば、俺はせめて彼女の願いを叶えるための手伝いをしてやりたいと思った。

　この気持ちが何という名の感情なのかは知らない。


　彼女と話せば話すほど、目の前の女が瀬野優華に見えなくなってくるから不思議だ。

　……いや。むしろ今の姿を忘れて大口を開けて笑う姿こそ、もしかしたら木津川晴子という精神こそ、本当の瀬野優華なんじゃないだろうかと妙な錯覚に陥ることがある。

　しかしそんな俺に冷水を浴びせるかのように彼女は言った。瀬野優華が戻って来たら力になって欲しいと。

　瀬野優華の意識が彼女の身体に戻ることになった時、自分がどこに行くのか、不安にならないはずがない。だけどそれが木津川晴子の願いなら、瀬野優華が戻って来るのが彼女の真の望みならば、俺は約束しよう。

　ありがとうと微笑むその表情があまりにも儚いから。

　瀬野優華の身から立ち去ることが木津川晴子の望みだから。

　俺を友人として大きな信頼を寄せてくれていると分かるから。

　……だから俺は。

　自分のこの気持ちが何という名の感情なのか。

これからも知らなくていい。

❖❖❖❖

「ん？　どうしたの？　何を見ているの？」

過去の事を思い出してぼんやりしている俺に気付いて、木津川は小首を傾げた。

「……いや。つくづく人たらしだなと思って」

「誰が？」

木津川は後ろに誰かいるのかと思ったのか、小さく顔だけ振り返った。

「こっちの話だよ」

彼女は俺の言葉に再びこちらに向き直り、ぽんと手を叩いた。

「あ、人たらしと言えば、松宮君よねー。学園時代、さり気なく助けた女子生徒の好意を受けていたの、覚えているよ」

「まあ、そうなんですの？」

「そうなのよ。一度、その現場に出くわしたことあるの。いやー、その行動が男前過ぎて、私までうっかり惚れるところだったわ」

「まあ、そうなんですの、松宮さん？」

瀬野優華は口元だけうっすら笑みを浮かべ、瀬野社長はただこちらに視線を寄越す。

瀬野兄妹。二人で氷の視線を俺に送ると共に室内の温度を下げるのは切に止めて頂きたい。周りでも誰か空調温度を落としたのかとざわついているじゃないか。

たかだか使い古された褒め言葉の一つで、木津川としてもただ何気なく言っただけの事だ。

そもそも瀬野社長、木津川にとって恋愛対象にも達しない子供の俺に対して嫉妬するのは大人げないと思う。

「でもその彼女の気持ち、全然気付かなかったのよね。そういう恋愛感情に関しては鈍感だよね」

木津川がからかうように笑うと、この場が何とも言えない微妙な空気になった。

おそらく全員一致している考えを友人の俺が代表して言わせて頂くことにしよう。

「とりあえずこれだけは言っておく。——お前が言うな」

「へ？」


目をぱちぱちさせる木津川晴子以外、皆、静かに頷いた。

番外編　たとえ足跡が消えたとしても

日々忙しさに追われると、学生時代は良かったなと振り返る瞬間がある。学生時代だってそれなりに大変だったはずだ。それでも社会人になってすっかりセピア色に変わった過去は少なからず美化されているとは分かっていても懐かしみ、そして憧憬《しょうけい》を抱いてしまう。

私はほんの一年前、短い期間ながらも再びその学生生活を体験したから余計なのかもしれない。

「ああ……夢だったか」

私はベッドから身を起こすと思わず呟く。

今でも夢を見る。卒業して何年も経つのに学校に遅刻しそうな夢だとか、テスト前なのに何の勉強もしていなくて真っ青になる夢だとか、体操着を持って来るのを忘れて誰かに借りようとする夢だとか。なぜか学校関連はいつも焦っている夢。

そして最近とりわけよく見るのが、二週間弱過ごしたあの学園に通っていた時の夢だ。

懐かしむほど長くいたわけでもなく、級友たちと交流したわけでもない。それでも自分の学生時代に比べれば、最近の出来事としてより強烈な印象として残っているからだろう。

そして先日、優華さんたちと会ったからかもしれない。

❖ ❖ ❖ ❖

社長の常套句《じょうとうく》『仕事だ、来い』に引きずられて日曜日に出たのが、大企業の会社社長やその後継者が集まる社交場。

世の社長秘書方々も同じく辛い思いをしているのだろうと、涙を呑みながら出席した訳だが、それらしき人物は見当たらなかった。

互いに愚痴をこぼすという労《いたわ》り合い会をしようと目論《もくろ》んでいたのに。よく分からないけど、社長に嵌《は》められたようだ……。

「晴子様！」

「優華さん、お久しぶりです」

「本当ですわ。休みと言えば、いつもお兄様に晴子様を取られてなかなかお会いできないんですもの」

そう言って優華さんは社長を若干睨み付けると、社長は動じる事なく仕事だ、悪いが失礼すると言って翻した。

私もそれに倣《なら》おうと、じゃあ、また後でと言おうとしたら、優華さんが晴子様はここにいてと私の腕を掴む。

社長はため息を吐くと、君はここにいていいと肩を軽く押さえられた。

……そうですか？　社長がいいと言うのだからいいのかな？　じゃあ、お言葉に甘えます。

社長が歩いて行くのを見送って、私は振り返った。

「それで皆、その後、大学生活はどうですか？」

内部試験はもちろんあったそうだが、彼らはエスカレーター式の大学へと進学したのだ。

「高校時代よりも少し大変ですけど、楽しく通っておりますわ。環境はまだ慣れませんけど、高校時代のクラスメートも進学しておりますし、顔なじみがたくさんですから」

「ただ単位を取るとか取らないとか面倒だよな」

うーんと考え込むのは松宮君。

確かにとりあえず必須単位だけはしっかり取っておかないとね。

「とは言え、まだ一年生だから楽な方なんだろうけどね」

そう言って悠貴さんは苦笑する。

私は自分の事を思いだしてみる。確か一年生の時は環境に慣れるのに必死で、二年生は勉強に追いつくのに必死で、三年生の時は就職活動に必死で、四年生の時は卒業論文に必死で……うん、私の人生って以下省略。

そんな風に過去に思いを寄せていると、松宮君がそうだ木津川と小さく叫んだ。

「お前、君島に余計な事を吹き込んでないだろうな」

「君島……ああ、薫子様ね。え？　余計な事？　そんな事をした覚えはないんだけど」

第一、優華さんの婚約披露パーティーで、ちらっと見かけた事を除いて、社会人に戻ってから一度も会っていないんだけど、何だろう。

顎に指をやって考えてみる。

……そもそも腹黒の悠貴さんに対してならともかく、真面目ないい子の松宮君が困る事なんてしないけどなぁ。

「晴子さん、心の声がだだ漏れしているからね……」

はっ、待ってよ。もしや学園時代にガールズトークした時のアレの事では。

「えーっと、松宮君、どう困っているの？」

「困っていると言うか、最近よく近づいて来る」

彼は不審そうな表情を浮かべる。

「近づいて……はは、そうですか。光栄じゃないですか、あんな美女が近寄って来てくれるだなんて、うん、あはは……」

とりあえず笑って誤魔化してみる。

と言うか、なぜ私だとバレたんだろう？

「誤魔化すなっ！　ネタは上がっているんだ」

うっそー。……いやいや。そもそも優華さんが何かするわけがなかったか。

「え、えーっとそうね。アレかしら、アレ。薫子様はツンデレっ子が好きみたいだから、お奨め物件として松宮君を推しておいた事かなぁ。まさかね、それぐらいでねぇ……ね？」

「なっ⁉　お、お前なぁっ！」

えーっと、とりあえず。ここは両手を合わせてウインクだな、うん。大人の魅力でイチコロよとか何とか。

「ごめんねっ」

「軽いな！」

ちっ、何でだ。効いている気がしない。

そんな話をしていると噂をすれば影という事で。

「ごきげんよう！」

シャラーンと涼やかな音色（幻聴）と辺りに舞う薔薇の花びら（幻視）と共に素敵なドレスをお召しになった薫子様が現れた。

うわっ、久々にお目にかかりましたわ、薫子様っ！　相変わらず華やかですね。オーラ全開です。

「ごきげんよう、皆様。そして松宮様、ごきげんよう！　こういった場は苦手ですけど、松宮様が参加しているとお聞きしまして、わたくしも最近出席するようになりましたのよ」

アピールすごいな、薫子様！

一方、松宮君は。

「……ああ、そうなんだ。お疲れ様」

「まあ！　お気遣い頂いてありがとうございます」

なかなかクールな返事だな、松宮君。それでも構わず薫子様はにこにこしていらっしゃいますね。

それにしても、お疲れ様って社会人ではこんにちはの代わりに使っているような普通の言葉だったりするよね。いや、どうでもいいんですけど。

「いや、別にそういう意味じゃないけど……な？」

困惑気味の松宮君、なぜ私を見るのですか。お願いですからいつまでも私の方を見ないで下さい。

ほら、薫子様の視線がこちらにずれたじゃないですかっ！　あぁぁ、何かちょっと睨まれているし！　誤解ですよ、薫子様。

「あ、あの、かお——」

「あら、あなたは？」

「……っ！」

そうだ。彼女とは初対面になるんだ。

けれど薫子様が警戒するように目を細めた様子に、なぜか胸がちくりと痛んだ。

「か、薫子様。こちらはわたくしの兄の秘書の方ですわ」

反応の鈍い私に優華さんが慌てて言葉を紡ぐ。そしてその言葉に薫子様はまあそうでしたかとすぐに警戒心を解いた。

「それは失礼致しました。わたくしは君島薫子と申します」

「……こ、こちらこそ申し遅れました。木津川晴子と申します」

そして微笑んでみせた。

うまく笑えているだろうか。

そんな不安を隠していると丁度その時、社長がこちらに戻って来た。

「木津川君、ちょっといいか」

「はい」

私はほっとして頷くと、振り返る。

「それでは皆様、私はこれで失礼致します」

「あの、晴子様……」

「……優華様、それではまた」

何か言いたげな優華さんに笑みを送ると、一礼して社長と共にその場を立ち去ったのだった。

❈　❈　❈　❈

今週の日曜日は久々に誰が何と言おうと休みでーすっ！　何か言葉、変！　日曜日は休みなのが当たり前なのにー。え？　土曜日ですか？　会社はお休みみたいですねー。週休二日制ってどこの天国ですか？　でもいいんですー。今週の日曜日がお休みの私は今、最強なんですから。ちょっと今、頭がお花畑だけど、大丈夫ですよー。

はあ、久々に何しようかなあ。一日中引きこもって泥のように眠るのもいいけど、ああ、やっぱり時間が勿体ないし、ウィンドウショッピングとかしようかなぁ。あ、映画もいいかも。今、良い映画やっていたかなぁ。でも、外に出ると月曜日からまた辛いし、うーん、悩みどころね。何にせよ、楽しみだ！

そんな事を考えながら冬眠前のクマのようにウロウロしていると、社長に声を掛けられる。

「木津川君、浮かれているところ悪いが、少し尋ねていいか」

「はい、何でございましょう、社長様！」

「………」

元気いっぱいに答える私に社長は呆れたような冷たい視線を寄越すが、今日は気になりませんよ。どんと来い！

めげずにニコニコしていると、社長は一つ咳払いをした。

「女性は何もらえば喜ぶ？」

んん？

お花畑な頭から一転、驚きで瞬いてしまった。

社長様ってば、物を贈る女性がいたのですか？　平日のみならず休日のスケジュール管理もしているのに全然気付かなかったよ？　私の計算し尽くされた一分《いちぶ》の隙も無い綿密なスケジュールをかいくぐるとは何者⁉　さては手練《てだ》れの間者《かんじゃ》かキサマ！

「……何か変な事を考えているようだが、一般論で聞いている」

あ、そうですか。えーっと、一般、一般の女性ねぇ。ん？　一般って何だろう。私ももちろん胸張って一般人の代表格と言える自信はあるけど、念のため、あくまでも念のため、とりあえず友達を参考にしてみようかな。

友人が欲しいと言っていたものを思い出してみた。

「えーっとそうですね。まあ、ジュエリーとかブランドバッグが無難じゃないでしょうか……多分」

服はサプライズではいらないよね。趣味が合わなかったら全く嬉しくないし。まあ、一緒に買いに行くならアリなのかな。でも服を選ぶ時、私は一人の方が気楽で良いんだけどな。友達同士でも付き合わせるのは悪いって思っちゃうし。

って、別に私の意見はいらないか。そもそも私に聞くより、その女性とやらを連れて買い物に行けば一番いいのでは？

「君でもそういうのが欲しいのか？」

意外そうにこちらを見つめる社長。

私？　――はっ！　何を言う。

私は社長に手の平をばんっと向けた。

「ジュエリーやバッグごときで私の心を揺るがそうなど笑止千万《しょうしせんばん》！　それらで胸が高まりますか？　心が豊かになりますか？」

手を胸に当て、お祈りするように拳を包み込み、そして最後にもう一度、社長に指先をびしっと向けた。


「否！」


一連の私の動きを見て社長が一言。

「……君は芸人か」

すみません、調子乗りすぎました。あまりにも日曜日の休みが嬉しすぎて今、背中に羽が生えている事は否《いな》めません。

「それで結局、君なら何が欲しいんだ。もう女性における一般論やら世間の常識は忘れていい」

「え？　何をおっしゃっているんですか？　私も典型的な一般女性であり、超常識人ですけど。……でも、そうですねぇ」

首を傾げて少し考えてみた。

私なら何が良いってそれは――。

「今だと、洋菓子店『クロンヌ』の山羊乳《やぎ》を使ったレアチーズケーキでしょうか。ご存じですか？　山羊乳って臭《にお》いに特徴があると知られているんですけど、そこの洋菓子店の山羊乳は全く臭《くさ》みがないんですよ。コクがあるのにさっぱりで優しい味なんです。口の中に入れた途端、ふわっと溶けて一気に広がるほのかな酸味と上品な甘さ。一口食べると感動のあまり気持ちまで浮きます！」

私は手を胸に抱いたまま、夢心地で踵を浮かせてみせた。

「ほぉ、食べたことがあるのか」

「もちろんナイですっ！」

びしっと言い切った私に対して、食べた事がないのによくそこまで語れるなと社長が呆れ顔です。だって……。

「牛乳と違って大量に絞れないので、一日の販売数が決まっていて、いつも開店一時間で売り切れちゃうそうですから。とにかく、山羊乳は栄養価が高いのにカロリーは低いから女性にはもってこいですよ。うんコレで決まり！　一般的な女性なら大喜びすること間違いナシですっ。それにしてもスイーツほど脳に幸せホルモンをもたらす食べ物はあるでしょうか、いや無い、皆無である。スイーツの真髄とは幸せホルモンの分泌なのです！」

拳を作って力説している私に対して社長は途中から聞くのが飽きたのか、いつの間にか電話を手にして誰かと話していた。

何よ、聞いたから答えたのに。いーだっ。

次の日。

「おはようございます」

書類を抱えて社長室に入り、机に何気なく目をやった途端、バサバサバサと音を立てて何かが舞い散った気がしたけど知らない。

私は社長の机に光速で駆け寄ると、しゃがみ込んで箱に視線を合わせた。

「こ、これっは……この王冠のロゴはっ……。もしや『クロンヌ』の幻のケーキ⁉ 『クロンヌ』の幻のケーキっ⁉ 『クロンヌ』の幻のケーキっ⁉」

大事な事だから三度言いましたよ！ ああ、震えが止まりません！ 本物でしょうか。触ってみてもいいでしょうか。

恐る恐る手を伸ばして箱まであと米一粒分、といったところでふっと目の前から消えた。

そ、そんな……。やっぱり幻《まぼろし》だったのか。

「木津川君」

……幻よ、さようなら。

半泣きになりながら声のする方を見上げると、社長がその箱を持ち上げていた。

ああっ、やっぱり現物だった⁉ でも、もしかして来客用だったの？ あれ？ 今日、来客の予定あったかなぁ。うぅ……それよりもお預け喰った犬だ。私はお預け犬だぁ……。

何でよりによって『クロンヌ』のケーキを選ぶの。新手の嫌がらせですか。って言うか、スイーツ食べ専マイスターの私を差し置いて、どうやって手に入れたのですか。——あ、そうか。社会的権力にものを言わせたな、この卑怯モノー！

めらめら嫉妬で燃える瞳で社長を睨んでいたら、逆に社長は冷たい瞳で私を見下ろしてくる。

「今週の日曜日に用事があるんだが、付き合ってもらえるだろうか」

日曜日？　また日曜日なの⁉　なぜよりによって待望の日曜日なの⁉　嫌に決まっていますよ、絶対に無理嫌無理！　残業代出たって絶対嫌ですからねっ！

そう答えようと思って目をつり上げると、社長は何とも威力の高い爆弾発言を落として来た。

「謝礼としてこのケーキを君に授けよう」

なっ！　何ですって⁉　報酬はケ、ケーキっ⁉　来客用かと思われたこの幻のケーキ⁉

……いやいやいや。落ち着け私。久々の休みなんだよ。ケーキと休日、どっちを取るつもりよ私は。休みに決まっているでしょう。また社長に引っ張り回されて、次いつゆっくり休みを取る事ができるのか分からないんだよ、ねえ、晴子！

た、たかだかケーキなんてこれから買うチャンス、いくらでもあるじゃない。休みはたったその日、一日だけなのよ。限定物よ、レアものよ。そうよっ！　……そうよ。

「っ……、い、いっ、いっ」

「い？」

社長は静かな瞳でこちらを見下ろす。

もう、これはあれです。あれにしか見えません。餌で釣って躾《しつ》けようとするアレ。でも何でもかんでも社長の思い通りになってたまるものですかぁっ！

「いっっ！」

目の前でゆらゆら揺れる箱にこくりと喉が鳴る。

「い、犬と呼んで下さいませー。……ご主人様」

スイーツ欲という欲望に負けましたワン。

私は情けなくも、にへらと笑みを浮かべた。

「……チョロいな」

こうして今週の日曜日も社長の付き合いでつぶれていくのであった。

❈　❈　❈　❈

さて。今日も今日とて、ケーキを餌に釣り上げられた社長に連れられて行ったのは各社の社長様方が集まる豪勢な交流会だ。

立食形式のお料理とは言えど、どれもこれも有名シェフによるものらしい。美味しそうだ。うん、あのフルーツケーキは絶対美味しいに決まっている。食べたい。むしろ食べなくちゃ。ケーキが私に手招きをしている。

……いや、そうじゃない。

私は咳払いする。

まったく世の社長閣下はどれだけ交流会をすれば気が済むのだと少々イライラしながら考えていると、可愛らしい声で晴子様と声を掛けられた。優華さんだ。

「こんにちは、優華さん」

「ごきげんよう」

「こんにちは」

「お疲れー」

次々声を掛けられるのはいつものメンバー。

「あなたたちも来ていたのね」

「まあな……。正直、毎回毎回面倒だけど、世襲制がまだ色濃く残っている所があって、後継者の顔見せの部分もあるからな」

何だか疲れた様子の松宮君。なるほど、社長もそうなのですね。

とは言え、社長は社会人になってもう十年以上は経っているわけですから、顔見せは十分だと思われますが。

私は社長を見上げると目を逸らされた。

……何でしょうか。やましい事でもあるのですか。

「わたくしたちも同じですわ。以前からこういう集まりはございましたが、卒業以来は特に頻繁です。後継者育成の一環ですし、仕方がないことですけど」

「まあ、必要だと分かっていても本当に疲れるね」

同士よ。ここにも働いている人たちがいる。そう思うと心が強くなれる気がした。……あれ、何か一曲作れそう。

「ああ、そうですわ！　もうすぐわたくしたちも夏休みですし、一度どこかに遊びに参りませんか？」

優華さんは自分たちにもご褒美が必要ですものねと微笑まれますが、なつやすみとは……何ぞや。

「何ソレ、オイシイノ……？」

「そりゃ、もち――」

「よせ二宮。もう燃え尽きて灰になってる。これ以上油を注いでやるな……」

松宮君が悠貴さんの肩にポンと手を載せるのが目に入った。

「お兄様、晴子様の正当な休みを要求致しますわ！」

そうだそうだ！　もっと言ってやって！

「まあまあ、優華。貴之さんにも事情があるから」

悠貴さん、止めンナーっ！

と言うか事情って、どうせ自分が働いている時に部下が休んでいると嫌な気持ちになるとかでしょ、と振り返り社長を見上げてみると側にいない。……あれ？

辺りを見回すと、社長は一人の男性と話していた。

平静を装っているが、社長は目の前の男性をどうも認識していない様子だ。確かあの方は……。

「ちょっとごめんね」

私は彼らの側を離れて、社長の元へと近づいた。

「お話の途中、失礼いたします、水原社長」

「ん？　ああ、君は瀬野社長の秘書だったね」

「はい。木津川でございます。水原社長、本日はお召し物が普段と違いますからどちら様かと思いました。いつものお召し物も渋くて素敵ですけれど、今日は一段と華やかですね」

「そ、そうかね？　実は孫娘が選んでくれたものでねぇ」

水原社長は途端に破顔する。

「まだ中学生になられたばかりではございませんでしたか？　とても美的センスのある方なのですね」

「そう思うかね！　いやー実は芸術の道に進みたいと言っているんだよー」

「まあ！　どうりで。ご自慢の孫娘さまですね」

いやー、ははは、親馬鹿でねぇ、いやジィジ馬鹿かなと水原社長は豪快に笑う。

すると。

「水原社長！」

顔なじみの社長に呼ばれたようだ。

「ああ、すみません。では瀬野社長、失礼致しますな。木津川君も」

「はい。ご歓談お楽しみ下さいませ」

水原社長はありがとうと笑顔のまま去って行った。

「……あの、すみません。営業のクセが抜けなくて」

私は社長の顔を窺うように見上げる。

秘書なのに出しゃばりすぎた自覚はある。

「いや、助かった。誰だか思い出せなかった」

それなら良かったのですが。

「すごいな、お前。もしかしてこの会場にいる人間、全部覚えているのか？」

松宮君が尋ねてくる。いつの間にか彼らは私たちに近づいて来ていたようだ。

「フフフ。私の部屋に来てみる？　ありとあらゆる会社社長の顔写真が壁中に貼ってあるから」

物覚え悪いから、簡単なプロフィールと特徴を書いた写真を毎日眺めているのよ。どうよ、この涙ぐましい愛社精神。

「さすがお姉様ですわ！」

「お前は指名手配犯の顔写真を部屋中貼っている熱血刑事か」

「うわぁ、暑苦……息苦しそうな部屋だね」

各々感想を伝えてくれますが、優華さん、お姉様って何でしょう。

「と言うか、男を簡単に部屋に誘うな」

最後のセリフはため息と共に上から降ってきた。社長である。

……ん？　ああ、そうか。松宮君に失礼だったわね。

「松宮君、ごめんね。そういう意味じゃないのよ。あなたはいい男だと思うわ」

「……は？」

「多分、私の今までの人生の中で出会った一番いい男だと思う。本当よ」

「褒められて悪い気はしないが、全くもってそういう問題じゃないと思うぞ」

松宮君はなぜかちらっと社長を見ると、困ったような、呆れたような顔で言った。

「間違っても冷淡とか腹黒の人間にならないでね。お願いね」

「晴子さんの環境、悪いんだね」

いや、何、自分を棚上げしているのですか。あなたも含まれているのですよ、悠貴さん。

「……ふっ。晴子様はまだいいですわ。わたくしなど血縁関係と後の配偶者ですからね」

た、確かにそれは不憫だ！　不運の境遇に涙しそうよ。

「優華さん、お気の毒さまです！」

「晴子様！」

二人、ひしっと抱き合う。

「ところで晴子様。晴子様もわたくしのお仲間になりませんか？」

「いえ、それはちょっと何言っているか分かりません」

私は優華さんからそっと離れる。

……すると。

「あら、貴之！」

女性の甘く華やかな声が背後から聞こえた。

貴之って社長の名前だよね？　呼び捨て？　……呼び捨て。

「玲子《れいこ》？」

社長も女性を呼び捨て？　……呼び捨て。

自然と視線がそちらに向くと、そこには人の目を惹きつけて止まないオーラを纏う品格を持ちつつも艶《つや》めいた女性が立っていた。

それは磨かれた人間だけが持つ身体から発する光。そして優華さんたちや社長たちが持つ存在感と同じ色でもある。

なまじ優華さんたちが身近な存在なだけに普段は気付かないが、こういう女性を見ると次元が違う、住む世界が違うと痛感させられてしまう。

側に寄って話す社長と彼女から目を離せない私に優華さんは肩に手を置く。

「晴子様、どう思われます、彼女」

ん？　どう？　……どうって。綺麗ですし、それに。

「……ボンキュッボン？」

お胸が大きくてよろしいですわね。ふっ、別に羨《うらや》ましくないさ……。

一番気になっていたであろう事を思わず呟いた私に、優華さんがスタイルの事ではなくて！　と訴える。

「お兄様との関係をです」

ああ、そちらのお話ですか……。

「お、お似合い、ね？」

これで正解かなと優華さんの顔色を窺うと、膨れっ面された。

いいなぁ、可愛い子は何やっても可愛いですね。

「お兄様の元カノですのよっ！」

「元彼女さん……でしたか」

「ヨリを戻したのかしら」

……ふーん、そうですか。お似合いですもんね。あ、さっき自分で言ったか。ああ、じゃあ彼女が物を贈る相手だった訳ですね。ふーん。ああそうですか。ヨカッタデスネー。

彼女さんと同じケーキをお情けで与えられたのかと思うと、今更ながら美味しさが半減し、何となく胸がムカムカするのは、こっちは仕事で碌《ろく》に休みも取れないから恋人も作れないのに、社長だけ彼女がいるのかと思うからだろう。

「わたくし、わたくし、彼女は絶対嫌ですからねっ！　あの方がわたくしのお姉様になるのは嫌ですっ！　お姉様は晴子様じゃなきゃ嫌ぁぁっ」

え？　……って、い、痛い痛い痛いっ！　優華さん、私の肩に置いていた指がめり込んでいますからっ！

「わっ⁉　ゆ、優華何しているのっ！」

私の現状に気付いた悠貴さんが優華さんを慌てて引き離してくれた。

優華さん相手に何となく振り解くわけにもいかなかったから、助かりました。

そんなやり取りをしている内に社長がこちらに戻って来た。そして社長は言う。

「木津川君、部屋を一室とディナー二人分を予約してくれるか」

「はい、承知いたし――」

「お兄様、見損ないましたわっ！」

優華さんは目をつり上げ、鋭い声を発して私の言葉を遮った。

……え。どうした、優華さん。

「お前は何を考えている。泊まるのは彼女だけだ」

「あ、あら。そうですの。まあ、わたくしったら……お兄様と彼女がって」

頬を染めて恥じ入る優華さん。

あ、ああ！　そういう意味でしたか。私にもようやく理解できた。……いや、何で私こんなに反応が鈍いの？　本気で疲れているみたいだわ。

いやいや、でもなぜ優華さんが怒るのですか。社長にも交際する女性を選ぶ権利というものがございまし――。

「木津川君」

「は、はい！」

声を掛けられてびくっとすると、社長は一瞬穿《うが》つようにこちらを見た。

え？　何か怒っています？　いつもの顔？　うん、そうですね。

「これからの時間は自由にしてくれていい」

「承知……致しました」

やったー、一日拘束かと思われた私の休みが半日戻って来たよバンザーイ！　……の反応でいいんだよね。うん、嬉しいはずなんだけど、飛び上がるほどではないのはなぜか。社長の側に寄り沿う女性がこちらに艶然《えんぜん》とした笑みを見せるのが何とも……ん？　何だろ？　やっぱりもやもやする。

「木津――っ」

「まあ！　それでしたらわたくしのお家に来ませんこと？　お見せしたい物がございますの」

社長が何か言おうとした瞬間、優華さんがドンと社長を押しやって私の手を取った。

すごいな優華さん、力持ち。

「あ、じゃあ僕も帰ろ――」

「二宮、お前は俺と残れ。お前だけ逃げんな」

「分かったよ……」

そして肩を落とす悠貴さんと何も言わないまま踵を返した社長を置いて、私たちは会場を後にした。


「優華さんのお家、お久しぶりね」

居間に通された私は高級ソファーに座りながら辺りを見回した。

うん、物を壊した時の賠償金を考えると一歩も動けない緊張感は相変わらずです。そして本日は奥様や大奥様『お祖母様』は外出中との事で、ちょっとほっとしている事は内緒だ。

以前、いらっしゃる時にお邪魔したら、嬉々として色々服を着替えさせられたり、髪型いじられたり、メイクされたり、すっかり人形遊びされてしまったからなぁ。

「早紀子さんとも最近、全然会っていないわ。元気にしているかしら」

「お元気ですわよ。お付き合いされている先生ともうまくいっているみたいです」

「そうなの。それはとっても良かったわ、うふふふふ」

口元では笑みを作り。

リア充め。爆《は》ぜろ！　爆ぜろー！　爆ぜろぉーっ！

手はぎりりと拳を作った。

「さ、殺気がすごいのですけど……」

「気のせいですわ、おほほほ」

最後ちょっと本気入っちゃったけど。

「そ、そうですわ。見せたい物がありますので取って参ります」

優華さんはそそくさと立つと、すぐにアルバムを手に戻って来た。

「クラスメートとの写真ですの」

「へぇ！」

優華さんは私の隣に座って、写真の説明をしてくれる。

優華さんのぎこちない笑顔がページを進めるにつれて心から楽しそうな笑顔に変わっていく様子に、こちらまで笑みになっていた。

「不思議。私も古い友人に会ったみたい。……あ、私、何言っているんだろうね。学園で過ごした時間は短かったのに」

「晴子様のご友人でもありますわ」

私は微笑むと首を振った。

「いいえ。やっぱり優華さんだけのご友人だわ。写真を一緒に撮るまで仲良くなったのはやっぱり優華さん自身の努力の結果だもの。その中に『私』はいなくていいの」

そう、それがきっと正解なんだ。

「晴子様……。もう一つ見て頂きたいものがあるのです」

そう言って立ち上がると、優華さんはある部屋に案内してくれた。

「絵画の、主に人物画の部屋です」

ということは風景画や抽象画部屋があるというのだろうか。さすが……。

少し遠い目をしていると、こちらですと手を引かれた。

あの、壁にずらりと並べられた価値の高そうな絵画は無視でオッケーなのですか？　まあ、観ても私の批評は全く期待できませんけどね。

「こちらの絵画ですわ」

連れられて目の前に立たされたその絵画、それは幸せに満ちあふれて優しげに微笑んでいる優華さんの姿だった。優華さんの良いところ全てを描ききっている。

「わぁ……」

この笑顔にフォーリンラブです。

「佐々木さんに婚約披露パーティーの数日後に頂いたのです。間に合わなくてすみませんと」

「ああ。有村さんの彼！　そうなんだ。さすがね、優華さんに一目惚れしました」

「あら、うふふ、晴子様ったら。そしてこちらは有村さんからですわ」

それは卒業パーティーだろうか。悠貴さんの手を取って今にもターンしそうなくらい躍動感のある優華さんの姿が描かれている。彼女らしい相変わらずパワフルな絵だ。

「すごい。エネルギーを感じるわ」

優華さんはふふと笑う。わたくし、こんな表情で踊っていたのかしらと。

うん、本当に楽しそうだし、幸せそうだ。

「そして最後が沢口さんです」

「沢口さん？」

明るくて友人思いでイケメン好きの沢口さん。彼女は一体どんな絵を描いたのかし――っ⁉

「こ、れ……」

そこに描かれていたのは、優華さんが男子生徒を勇猛果敢《ゆうもうかかん》に取り押さえ込む姿だった。

「沢口さんの『瀬野優華像』はその姿のようですわ」

彼女はその時の姿を見ていたはず……ないのに。

「わたくしの中に晴子様がいなくなっても、人々の記憶の中には『晴子様だった瀬野優華』は今もきっといるはずです」

ああ、恥ずかしい。気付かれていたのか。私がいた痕跡《こんせき》はどこにもなくなってしまった寂しさに。これからも彼らと交流していく事ができる優華さんに感じた嫉妬に。本来得られるはずのない、ほんの束の間の夢だと分かっていたのに。

……でもこれでようやくこの気持ちを整理できる。たとえ私がいた証《あかし》がなくなったとしても、覚えてくれている人がいるのだから。

「優華さん、ありがとう。……情けない私でごめんね」

「見損なわないで頂きたいですわ。わたくしは強い晴子様が好きなのではないのです。晴子様が『晴子様』だから大好きなのですよ」

私って、本当に周りを見る事ができていないのね。目の前にはこんなに私を思ってくれる人がいるのに。本当に私はいつまでも成長しないいな。

「私には優華さんたちがいる。とても幸せ者だわ。これからもよろしくね」

「ええ！　もちろんですわ」

でも、首元にがしりと抱きついてきて、むしろ逃がしませんわよと低く囁くのはお止め下さい。

急にホラーになって怖いです。

「ところで晴子様」

身体を離すと、私の肩に両手を置く優華さん。

「お兄様って、ああ見えて女性にもてますの」

ああハイ、存じております。しかし、いきなりですね。それに優華さん、ああ見えてとは手厳しいです。社長だったら普通にもてますよね。

「でもお兄様、女性嫌いの所もありますのよ。小さな頃からあの容姿と親の権威だけで本人が何もしなくても自然と女性が集まってきていましたが、そこには女性側の打算もたくさん含まれておりました。もちろん全ての人がそうだったとは申しませんが」

そうなんだ。どこもお金持ちのイケメンさんは大変なんですね。

「先ほどの彼女、藤倉玲子さんもそうですわ。世界でも有数の大手宝石商のご令嬢ですの。交際相手に始まり、結婚相手まで引く手数多だそうです。だから二人は同じ匂いを感じて気持ちが分かりあえたのでしょう。出会ってすぐ恋に落ちたそうです」

この話を社長に断りも無く、私が聞いてもいいのだろうか。後ろめたさからか何だか胸がドキドキするんですけど。

「でも所詮は傷の舐《な》めあいに過ぎませんわ。お互い、真の意味では心が満たされる事なく別れたらしいです。同病相憐《あいあわ》れむというものでしょう」

「そ、そうなの」

私は何を聞かされているんだろう。

動揺を抑えるためにこくんと唾《つば》を飲み込んで喉を潤わせた。

「ところで晴子様は藤倉玲子さんをご覧になって、どう思われました？」

「え？」

い、いきなりですね。

「えーっと、そうね。華やかな方だなと。光り輝いていると言うか」

優華さんは頷く。

「容姿が一番シンプルな例えですが、容姿が整っている方はどうしても人の注目を浴びるものです。そして人の視線というのはとても大きなパワーです。それが自分に集まるという事がどういう事かお分かりになりますか」

「そうね。以前の私なら理解できないと言うところだけれど、私が優華さんになった時に痛感したわ。とても息苦しいって。常に人の目がこちらに向いているのが辛かったわ」

「ええ、ですから普通に生活していこうと思ったら、それをはね返す力、反射させる力が必要なのです。つまりそれが内側から放たれる光、オーラです」

ストレスが溜まりに溜まって、部屋でゴミ箱に叫んでいたことを思い出して苦笑いしてしまう。

ふむふむ、なるほど。確かにデビューしたての芸能人が、回数を、歳を重ねるごとにさらに華やかになっていくわね。メイクの仕方もあるだろうけれど、人の目にさらされる機会が多くなるからか。

「瀬野家はどうしても各界から常に注目を浴びるものです。ですから瀬野家に入るならオーラを身につけなければならないのです」

ふむふむ。確かにそうね。

「兄が晴子様を仕事と称して色々連れ出しているようですけれど、そんな訳ですから少しで良いですので、ご理解下さいね。まあだからと言って、晴子様を連れ出し過ぎだと思うのですけど。おかげでわたくしが晴子様とお会いする時間がないじゃありませんか！　酷いわ、お兄様！」

ふむふ……。

え、いやそれは待って。それと私が一体何の関係が？　瀬野家の御曹司である社長の秘書はオーラが必要ってことなの？　うーん。でもねぇ、地味な秘書だっていていいと思うの。むしろ秘書は社長より目立っては駄目だと思う。陰の功労者として後ろにそっと控えているのが秘書の本来あるべき姿じゃないのかな？

そう頭を捻って考えていると、優華さんがきりりと表情を引き締めるのに気付いた。

「さて、ここからが本題なのですけれど、むしろここが一番大切なのですけれど、兄の事をどう思われますか」

え？　いきなり何でしょう⁉　どうって、どうってねぇ……。

「そ、尊敬……して、おります？」

あら、仕事以外で尊敬する所があったかしらと呟く優華さん、黒いですよ。

「では、男としてどうですか？」

「え、えーと。す、すて、素敵、ですね？」

う、うん。何だか色々悔しいけど格好良いです……かね。

「そうですか！　では、晴子様の恋愛相手としてはいかがですか！」

「は、はいぃっ⁉」

瞳をキラキラさせて前のめりになる優華さんに圧倒されてしまう。

い、いや、でも恋愛対象って、どこまで話が飛ぶのですか。私としたことが、一瞬動揺してしまったではないですか。

「えっ、えと？　な、ないですね？」

「そ、そんなっ。なぜっ⁉　なぜですか晴子様！　確かに無愛想で不器用で口数少ないから冷淡に見えますし、威圧感半端ないですし、無表情に人の事を引っかき回して引っ張り回しますし、あれ……いい所無い、いえ、多分少しくらいはどこかに優しい所が落ちているはずですのよっ！」

両肩をがくがくと揺らさないでー。落ち着いて優華さん。社長の扱いが酷いです、フルボッコですよ！

「えーっと。『社長の愛人』は駄目だというのがうちの家訓なので」

「…………。は？」

優華さんは目をぱちぱちと瞬いた。

「うちの家訓、もとい父の教訓なんだけどね」

「……何ですか、そのお父様の呪いのお言葉は」

呪いの言葉って大袈裟だなぁ。

「小さい頃、私がドラマに感化されて『社長の愛人になる』とか言って父を泣かせちゃって。それ以来、父が家訓にしたの、身に染みついちゃって。あははは」

「あはははではございません！」

何か怒られた！　ごめんなさい。

「あ、でも待って下さいな。愛人ではなくて恋人や結婚相手ならよろしいのではないでしょうか？」

私と優華さんは見つめ合って、数秒間。

「……え、そうだったの？」

「そ、そうですわよ！　それで行きましょうっ！」

「そっか。いえ私ね、交流の場で若い社長さん方がいても、家訓に従って素敵だなって気持ちを自制していたみたい。そっかー、別にいいんだ？」

「え⁉　い、いえ。そう、そうではなくてですねっ」

「ありがとう。目の前の霧が晴れて、何かちょっとだけ希望の光が見えた」

私は優華さんの手を取ってぶんぶん振った。

日曜日の仕事も少しは気持ちが晴れるわ。ありがとう、優華さん。

「ま、待って！　待って聞いて下さい、うちの兄も『対象になる社長』の一人なのですーっ！」


次の日。

「おはようございます、社長」

「おはよう」

部屋に入ってきた社長に朝の挨拶をする。そして社長が椅子に座ろうと通り過ぎる時に何気を装ってチェック。昨日と違う服。香りに変化無し。あとは――。

「……何をしている？」

はっ。

背伸びしている私に気付いた社長が不審そうに足を止めてこちらを見た。

……ホント私、何しているんだろ。

「い、いいえ、何でもございません」

私はもやもやした疑問を抱えつつも踵を下ろした。そして少し、ほんの少しだけ気になっていた事を聞いてみた。

「あ、そ、そうだ、社長。プレゼント、喜ばれました？」

「何の話だ？」

社長は眉をひそめる。

「で、ですから彼女さんにプレゼント」

「彼女？」

「え。だから、女性への贈り物」

「……ああ、それか」

社長は口角を上げる。

「喜んで犬になると言っていたな」

「……そうですか。それは良かったで……ん？」

それって私の事ですが、犬になることを喜んでいた訳じゃ……ではなくて。あのケーキ、私への報酬なだけで、もしかして昨日の彼女さんとヨリを戻すためのプレゼントではなかった？　じゃあ、あの昨日の女性は一体。

――はっ！　私、今何を聞こうとしていた⁉

『相手の事を知りたくなったらそれは恋かも？』

不意にそんなフレーズが頭に浮かんだ。……いやいやいや。ナイナイナイ。手を振って打ち消す。優華さんが昨日、余計な事を言うから、思わず社長に当てはめてしまったじゃないか。もう、優華さんったらお茶目さん。

「友人だ」

果たして元カレ元カノの間に友情は成り立つのか。

そう言えば、友人が以前、話していたなぁ。『自分が振った相手なら相談相手くらいなってやってもいいわよ。けど振られた相手なら冗談じゃないわっ！』などと随分勝手な事を言っていた。うんうん。

……って今、超どうでもいい話です。そ、それより社長、『友人』って言いました？　と、という事は私、まさか口に出していましたっ⁉

「それより木津川君。そのスイーツ脳で身を滅ぼさないよう、せいぜい気を付けるんだな」

挑戦的に笑う社長にどきりと胸が高鳴った。

……は？　どきりって何なのだ。ヤバイ。本当に糖分の摂りすぎでおかしくなっているのかも。

うん、社長の言う通りだ。しばらくケーキ禁止令を自分に課すことにしよう。

そう決意しながら、私はいつものように業務に戻ったのだった。

❖❖❖❖

「大体、お兄様が不甲斐《ふがい》ないのが悪いのですわ！」

「優華、何しているの」

悠貴が覗き込むと、ぷんぷん怒りながら優華自ら箱詰めしているのはお見合い写真。

「お祖母様が用意したこのお兄様のお見合い写真、わたくしがずっと止めていたのですけど、もうお兄様の社長室に送りつけてやりますっ！　晴子様も少しはヤキモキされればいいのだわ！」

「……優華、応援したいの？　足、引っ張りたいの？　まあ、それで晴子さんが気にしてくれるかどうか分からないけどね」

悠貴は苦笑した。

だが、優華の行動が功を奏するのは、もう間もなくの事……かもしれない。

番外編　晴子が口にした禁断の果実

「社長……今日、私、お休みなんですよね。日曜日ですもの。日曜日というのは休日、つまりお休みだと言うことをご存じでしょうか」

私は腰に手を当てて睨みつけるように社長を見上げた。

「知っている。だからこの日に予定を入れたんだからな」

「じゃあ、どうして、どうして……」

私は拳を作ってふるふるさせる。

「どうして社長のお見合いに私が付き合わなきゃいけないんですかぁぁっ！」

本日、私と社長は、とある高級ホテルの一室にいる。

確かにホテルのセッティングはしましたがね。最初はデートであらせられるのかと思えば、仕事だ付き合えと言われて泣く泣くついて行った結果が、社長のお見合い。

私の貴重な休みを奪い、あげくの果てにお見合いだったとは、この罪は万死《ばんし》に値するぞ。

「社長のスケジュールを管理するのは社長秘書の役割だろ。部屋で待機していてくれ」

むしろ、このお見合いは仕事の一環でやっているんだ、君だけ休みはずるいだろうと本音を呟くのはおやめなさい。振り上げた拳を下ろしますよマジで。

「祖母が見合い写真を持ち込んでくるんだ。押しつけられる俺の身にもなってみろ」

大体、今回も取引相手先との顔見せの場でもなければ受けなかったんだと頭が痛そうに眉をひそめる社長。

確かに社長室にまで箱詰めで送られてくる見合い写真には、精神的に私もほとほと疲れ切っている。とにかく邪魔なんですよ。広い社長室とは言えども、目に入ると何だかイライラします。

思わず毎回、箱に足が出そうになるけれど、きっと業務が増えているように感じるからだな、これは。

「第一、部屋が狭くなるじゃないかと君が文句を言うからこうして見合いをしてやっていると言うのに」

なぜ私のためにやっているみたいな話になるのでしょうか。送ってくるなとご当主のお祖母様に直接言えばいいじゃないですか。

「結婚するまで延々と送り続けていらっしゃるでしょうから、早くご結婚なさったらいかがですか」

そうすれば私もこの業務と言う名のサービス残業から開放される……はずだ。

「……誰と結婚しろと言うのか」

社長は不愉快そうに眉を上げるが、御曹司のご結婚なんて私の知るところじゃありませんよと思う。

本当にもうっ、何でこんなにイライラするんだろう。そうだ、私の休みを潰されているからだ。私の休み返せっ。

「もう誰でもいいじゃないですか。顔の好みはあるでしょうけど、スペックはほとんど同じなんですから、適当に選んでご結婚なさって下さいよ」

そして私にお休みを与えたまえ。ここの所、本当に休んでいなくて、心底疲れているんですけど。たまの休みも社長秘書ならもっと洗練された人間になれとか何とか言って、散々引っ張り回さないで頂きたい。地味で平凡な社長秘書がいたっていいじゃありませんか。

「君は結婚をそんな風に考えているのか。少なくとも俺は、結婚は自分の意思でしたいと思っている。適当な結婚はしたくはない」

意外なお言葉に目を丸くする。

思いの外、社長は誠実な人だったのか。お見合いは仕事の一環だと言うから、結婚することも仕事の一環だと考えていると思っていた。

うん、確かに疲れていたとは言え、あまりにも軽はずみな失言でしたね。

しゅんと項垂れる。

「申し訳ありませんでした」

「……まあ、いい」

「あ、ところで社長の好みのタイプは？」

お見合い写真から好みの女性を選別してお見合いをしてもらう方が効率的でいいかも。

私はデキる秘書らしく手帳を広げる。

電子機器もいいけれど、ぱっとメモを取る時は手帳の方が便利だものね。

「そうだな。……馬鹿みたいに真っ直ぐで、馬鹿みたいにお人好しで、馬鹿みたいに一生懸命な奴かな」

馬鹿みたいに真っ直ぐ、馬鹿みたいにお人好し、馬鹿みたいに……メモメモ……ん？

「馬鹿馬鹿って、社長……なぜか自分の事を言われたようにムカムカするんですけど」

「そうか。それは良かった」

何が良かったんですか。ムカムカすると言っているのにっ。と言うか、写真から性格が分かるはずがない。これは『お祖母様』に直々お伝えするべきだろうか。

でもこんなご令嬢いるのかしら。そもそも馬鹿って言葉をどう婉曲《えんきょく》してお伝えすれば良いのやら。表現辞典が必要となりそうだ。

「とにかく、私がお見合いに付き合うのはまた別の話ですからね。完全に仕事外ですから。プライベートの時間ですから。私の休みを削っている事はお忘れなくっ。これじゃあ、デート一つできないじゃないですか」

……が。

私は手帳を閉じながらため息を吐きつつ、しっかり釘を刺す。

「まるでデートする相手がいるみたいな言い方だな」

「…………ぐーでナグっちゃいますよ」

大体、平日、休日関係なく引っ張り回されて、いつデートする相手を作るのかという話ですよ！

もし仮に今、私に恋人がいたとしても確実にふられていますよ。社長は休みの度にレストランやらホテルを私に予約させているくせに。そりゃあ、私も付き合わされるから御相伴《ごしょうばん》にあずかっているけれど。

……はっ。もしかして今まで気付かなかったけど、休みの度に引っ張り回されていたのも全部社

長の私用だったの⁉

お・の・れー！

「まあ、ともかく……って何だ、その憎しみに燃えた瞳は」

目からビームを出す勢いで社長を睨み付けていると、一方で社長は冷ややかな視線で対抗してくる。……くっ。目力負けた。

「いーえっ！　何でもございません」

「……そうか？　まあ、このお見合いが終わるまでこの部屋でゆっくりとしておくといい。ルームサービスも好きに使え」

「え！　ほ、本当ですかっ⁉」

社長のポケットマネー？　えー、マージでー。自分では絶対利用できない高級ホテルだから堪能しちゃおうかな。ここのホテルのケーキは美味しいと有名なんだよね。

もう社長ったら仕方ないなぁ、今回だけですよと途端に機嫌を直して、サービス表を広げる。うふふ、何のケーキにしようかなぁ。

「……ん？　あ、レディースプランがある。エステか、いいなぁ」

アロマオイルでマッサージとか、いいなぁ。贅沢《ぜいたく》気分だし、癒されそうだなぁ。肌もつやつやになれそう。

でも服を脱いでのマッサージだし、さすがに何かあった時すぐに動けないかと考えていると、社長が考えていたことは別のようで、私の胸を一瞥した。

「……いくらプロの技術者でも無理だろう。無い袖は振れん。無茶言うな」

だから、そこ、やかましいのですがっ！

「そうじゃなくて、アロマオイルマッサージとかあるんですよ。アロマテラピーにもなっていいですし。ココロとカラダの休息が必要なのですよ、今の私には。……ギブミー癒し」

「そうか。まあ、好きにしろ」

わーいわーい、やったぁ。

「でも本当にいいのですか？　急な呼び出しに応じられないかと思うのですが」

「自分の見合い中に、女性の君を呼び出すこともないだろう」

そっか！　それもそうですね！

と言うか、君を呼び出した方が話は早いんだがと恐ろしい事をぼそりと呟いたのは聞かなかったことにしますね！

「社長、お見合い時間はどれくらいですか？」

「さあな。遅くても一時間くらいで切り上げたいが。午後からもあるしな」

そうなのだ。今日は午後からも予定が入っている。それもお見合いだと言う。どれだけお見合い好きなんだ。……失礼、仕事の一環でしたね、はい。

「それはいくらなんでも早すぎじゃないですか？　相手の方に失礼ですよ。次のお見合いは午後からですから時間に余裕がありますし、もっと長い方がいいでしょう。最低でも私のエステ、一時間半のコースに合わせましょうねっ！」

「……君のエステの都合でこちらの見合い時間を決めてくれるな。俺だって休みたいんだ」

ちっ。

「じゃあ、仕方ないから一時間のコースにしようかな」

私がメニュー表から選んでいると、社長は腕時計を見た。

「ああ、時間だ。じゃあ、行ってくるからな」

「はーい。どうぞ心ゆくまで、ごゆるりとー！」

私は顔を上げて満面の笑みで送り出すと、社長は嫌そうな顔をしたのだった。


頼んだエステはと言うと、ボディコースです。顔は終わった後、メイクに手間がかかるし、さすがに今日は止めました。うん、次の機会にしましょう。次の機会があると予想されることが何とも悲しいけど。

さて、このスイートルーム級の部屋はエステルームを完備しているらしく、そちらへ移動する。若くて美人の施術師《エステティシャン》の方が香りは何になさいますかと尋ねてくるので、大好物の桃の香りにしてもらった。美味しいですよね、桃。

裸になるのは少し抵抗があったけれど、俯せになって待機していると、では始めますと声を掛けられた。そして施術師さんのオイルに濡れた温かい手が背中に置かれた時、きゃっと小さく声を上げてしまった。

彼女はくすくす笑う。大丈夫です、すぐに慣れますよ、と。

言葉通り、さすがプロの技術者。最初のくすぐったさからすぐに解放されて、香りと共に心地よいマッサージが施される。

はぁ、これですよ、これ。ひと時の監獄の楽園です。あ、我ながら上手《うま》いこと言った。

一人小さく笑う。

それにしても本当に社長秘書の職は辛いわ。門内さんが一般秘書の方で社長秘書になりたい方は誰一人いないと言った意味が分かった。こんなの独身女性が社長秘書になってしまったが最後、激務ゆえに出会いのカケラもなくなるのだ。

ある意味、これブラックですよね、うん、確実ブラック企業。

休みの度に引っ張り出されて、たまに見目《みめ》麗《うるわ》しい素敵な男性との会合の場合、キラキラとした期待感であの方素敵ですねと言おうとする度に社長に冷たく彼は既婚者だの、君は彼の好みのタイプではないだの、やれ彼は女性に興味を抱かないタイプだのと話の腰を折られる。

これだけ会社と社長に尽くしている私に、少しくらい夢を見せてくれたって罰は当たらないんじゃないですか！

……ああ、だめだめ。今日はエステを楽しむのだから。考えちゃだめ。今を楽しまなくちゃ。私は考えを遮断して、マッサージに身を任せる。日頃の疲れを解すのだ。

ここは南国の世界。常夏の海！　そして煌《きら》びやかなイケメンが団扇《うちわ》で優しく風を送ってくれるのだ。……を想像する。

そうして幸せな妄想の内に、一時間は過ぎ去って行った。

エステが終わり、私はシャワーを浴びてバスローブに着替えた。シャワーで火照《ほて》った身体でまだ服を着たくないな。それに社長はまだ戻って来ない。お見合い相手の方と盛り上がっているのかな。何よりである。

と言うか、それなら一時間半のコースにすれば良かった。ま、いいか。はー、それにしても疲れたわー。休みまで駆り出されるんだもん。当然だよね。眠いから、少しだけ横になろうかな。少しだけね。うん、五分だけ横になろう。大丈夫、ほんの五分だけよ。社長が戻ってくる前にぱぱっと着替えればいいんだから。

バスローブのまま、私はダブルベッドにダイブする。わぁ贅沢だわ。何たる至福のひと時。それにさすがふかふか、最高級ね、さいこー……。

私はすぐさま夢の中に引き込まれた。


「……いっ、おい。……っているのか」

うーん。はーい、入っていますよー、壁に耳あり障子に目ありですよ、薫子様……。

「どこにだよ」

誰かが私の会話に応えながら私の頬に手を当てる。

ああ、施術師さんだったのか。今日はいいんですよぉ、フェイシャルエステは……。次ね、次来た時。どうせまた社長に引っ張り出されるんだから。

「……甘いな。桃の香りか?」

「ん……やっ」

くすぐったいです、施術師さん。

未だに頬から鎖骨にかけて流れる熱い手に、くすぐったさを覚えて思わず身を縮める。

さっきの施術師さんは上手だったのにな。

「みじゅくものぉ……」

「何だと？　いい度胸だな。……何なら試しに食ってやろうか」

だめです、だめだめ。その桃は私の桃ですから。大好物なんです、桃。私はその桃に手を伸ばして引き寄せる。そして――。

「っ⁉」

誰かが息を呑む音がした。

……何これ甘くない。この桃、やっぱり未熟ものー。

私は手を放すと、ぽすんと柔らかい何かに逆戻りした。私の甘い桃はいづこか。

「う、ぅーん。……しの、もも、かえせぇ」

「……ったく。呪いの言葉か？」

誰かが諦めたようにため息を吐く。

横で軽い音を立てたかと思うと自分が少し浮き上がった気がした。そして包み込まれる自分とは違う香り。きつい香水ではなくて、どこかで感じた事のある爽やかだけれど色気のある大人の香り。

そう、まるで社長がつけている香りのような。

……社長。ん？　社長？　そう言えば社長、戻って来た？　……今、どこ？　……んん？

血の気がざわざわ引いてくる。社長は？　そして今、何時でしょうか？

重かったはずの瞼《まぶた》をばちりと開けると、目の前に飛び込んでくるのは瞼が伏せられた社長の端整なご尊顔。

一拍置いて。

「――ひぎゃああっ⁉」

何とも色気のない叫び声を上げ、身体を起こそうとした私を社長は胸に引き寄せる。

え？　何っ⁉　何で腰を抱かれているのでしょうか⁉

「……うるさい。君だけのんきに寝やがって。俺も少し寝かせろ」

ぎゃあぁぁぁ。

助けて誰か助けて。何でこんな事になっているんですか、ここはどこ、私は誰、今、何時代ー？　説明して誰か説明して。あ、服。服は！　ぎゃあ、何で私バスローブ姿なんですかぁっ。しかもちょっとはだけてるし！

……い、いや落ち着け私。落ち着くんだ。デキる女は焦らない、慌てない、諦めない。――ヨシ！　私はデキる女だ。そう、そうだ。ここは社長のお見合いの場。私はうっかり眠っていただけだ。そうそう、お見合い。午前中のお見合いが終わり、社長が戻る。そして午後からもお見合い……？

「え、ちょ。放して、社長」

社長の腕から何とか這《は》い出し、ほふく前進してベッド脇の時計を見ると――きゃあああ。デキない女でごめんなさーいっ。

「起きてーっ。社長、起きてーっ。お願いですから起きて下さーいっ」

「……だから、うるさいぞ」

這い出た私を社長はまた引き寄せる。

何寝ぼけてんだーコラぁ。私は抱き枕じゃないぞ！

「次のお見合いの時間、迫っているんです、お願いですから早くーっ！」

「ったく、分かったよ」

悲壮感溢《あふ》れる私の声に、ようやく嫌々起き上がると社長は軽く髪を撫でつけ、緩めていたネクタイを締め直す。その姿に思わず目を奪われてしまう。

男性がネクタイを締める姿はなぜこんなに色気があるのでしょうか。そう、首筋の鮮やかなキスマークがより色気を増して……。

……ん？　キスマーク？　キスマークですとー!?

私はまた驚愕に震える。

「しゃ、社長っ。な、何ですか、その首のそれっ。た、大変っ！　と言うか、先のお見合い相手の方にされちゃったんですか？」

じ、時間が無いのに、ど、どうしようっ。ああ、もう！　相手に隙を見せるとはどれだけのんき者なんだ。社長の愚か者めぇっ！

「ああ、これ、やっぱり跡ついたか」

跡ついたかじゃないですよっ！　社長ともあろう者が何やっているんですかっ！

そう言おうとすると、社長は口角を上げた。

……ん？　何ですか、その余裕の笑い。

「君にやられたんだ」

「…………。はい？」

え？　何ですって？　何か一瞬聞き捨てならない言葉が聞こえた気がしましたが。

「何をとち狂ったか、君がかぶりついてきたんだ。まあ、歯を立てて食いちぎられなくて良かったか。さてこの後、お見合いな訳だが、これが俺の品位を落とすことは間違いないな」

首に手をやる社長に私は嫌な予感が襲ってきて、こくんと喉を鳴らした。え。犯人は私って言いました……か？

嘘だ、ウソだ、うそだぁぁっ……！

「この責任は当然取ってもらうからな」

社長は私の顎をつかんで仰《あお》ぎ見させると、不敵ににやりと笑った。

ひぃっ！

私が悪かったですから、睦言《むつごと》を交わすように甘く色っぽい声で恐ろしい制裁宣言はやめてぇぇ……！

これをネタにいたぶられる日々を考えて血の気を失うと、ばたりとベッドに倒れ込んでしまった。

「おっと時間だ。俺は行くぞ。君は今の内に思う存分寝ておけ」

「あは、はは、は。グッバーイ、マイラーイフ……」

社長の最終通告に、私は力なく自分の時間とさよならした。

かくして、ひと時味わった癒しの時間も全て吹っ飛ぶような一日と相なったのでありました……。

「いや、何を言っている。これからが本番だ。――覚悟しておけよ」

自分でナレーションする私の耳に社長はそう低く囁いて、首に誓約の紅い印を落としたとか、落とさなかったとか。


「はっ！　……あ。何だ、夢だったのか」

桃姫様を救出後、褒美を取らすと言われたので数多のケーキを用意してもらったのだが夢だったとは。

しかしあれだけ頑張ったのに何か悔しい。せめて一口食べてから目覚めたかった。

「はぁ。それにしてもよく夢を見るな、私。疲れているんだわ」

身体をむくりと起こして、ため息を吐いた。

今、何時だろう。と言うかエステ後、バスローブ姿のまま眠っていたのか。ん？　社長は戻ってきたっけ？　……あれ。何だかすごくヤバイ気配がしてきた。

「と、とりあえず着替えよう」

慌てて着替えを済ませ、化粧台に向かった。そして髪を直そうと鏡を覗き込んだ途端、ぎくりとした。

首筋に残る紅い跡は、私、蚊に刺されたんですよね。……などと思えるほどさすがに天然でも脳天気でもないぞ、私！

これは午前中のお見合いを終えて戻って来た社長に――っ。

社長がこんな事をした理由は何か。
一、報復　二、嫌がらせ　三、見せしめ
……さあ、どれだ？　それ以外の選択肢は認めない。まして鏡に映った自分の顔が真っ赤に染まっている事なんて、ぜ、絶対認めないいんだからねっ。

「そんな事考えている場合じゃない」

社長が戻って来たらどうしたらいいのか考えなくては。こういうピンチをチャンスに変えてこそデキる女だ。考えろー、考えろ私。

「……うん、ヨシ。ひとまず逃げよう！」

急いで鞄を手に取るとドアへと小走りした。だがノブに手を掛けようとしたその瞬間、無情にも扉が開かれる。

目の前に立っているのは言わずもがな、社長様だ。

「……どこに行く？」

「しゃ、ちょーさま……。お、お帰り、なさいませ」

冷たい視線でこちらを見下ろす社長様。その美しくも冷たい瞳に腰がくだけそうです。

「わ、わたくしはですね。ちょ、ちょっとそこまでコンビニ、に。の、喉が渇きまして」

「だったらルームサービスを取ればいい」

私の精一杯の言い訳を蹴散らしながら部屋に入って来られるものですから、私は部屋に逆戻りしかないでしょう。うん……ない。

社長は足を進めるとソファーにどさりと身を沈め、うんざりしたようにネクタイを緩めた。

お、お疲れのご様子ですね。ここは一つ、労いのお言葉を……。

「え、えーっと、お、お疲れ様でした。お見合いはどうでございました、でしょうか」

社長は立ったままの私に視線を上げる。

「聞いて後悔しないか？」

「や、やっぱり結構でございます、です」

そのお言葉だけでもう血の気が引いておりますので。何があったか聞くまい、ええ、絶対に。

「何をしている」

「え、ええっと」

鞄を抱えたまま立ちっぱなしの私だが、いつでも逃げ出せるようにスタンバイしております、などと言ったらどうだろう。

何と答えようか困っている私に社長はため息を吐いた。

「何もすぐに取って食おうという訳じゃない。座れ」

「はい……ん？」

何かさらりと恐ろしい事を言われた気がしたが、こちらを貫き通そうとする社長の鋭い視線に心の中で両手を挙げて考えを放棄《ほうき》した。

それでも思わず身を縮めながら、鞄を置いてはす向かいのソファーに座る。

「何警戒しているんだ」

そりゃしますよ！　お主が付けた首のコレが目に入らぬかーっ。って、指し示しましょうかっ？

……いや、まさに自分の首を絞めるだけですよね。

「まあ、俺を警戒するだけ進歩したか」

「しゃ、社長秘書が社長を警戒し、して、どうするんです」

どもってしまって何とも締まらない言葉になる。

うわーっ、こんなキャラじゃないはずよ私。落ち着いて、私。落ち着いて退路を確保するのよ。

「……社長か。君の目には俺は男として映らないのか？」

射貫くような瞳に息が詰まる。

な、何だろう。まるで口説《くど》かれているみたいだ。熱が上気して思考がまとまらない。心臓も何だかうるさいよ。

思わずじりじりとソファーの端へと移動してしまう自分がいる。

「しゃ、社長はっ、『社長』です、から……」

そう言いながら視線が自然と落ちてしまう。

それ以上でもそれ以下でもないはずだ。社長はこれ以外に何の答えを私に求めているのだろうか。

「随分と『社長』にこだわるな」

それはだって……。

小さく軋《きし》む音に俯いていた顔を上げると、いつの間にか社長が側に迫っていた。

――ひぇっ！

「何を考えているか知らないが今は『社長』を忘れて、俺を一人の男として見ろ」

む、無理です。一人の男として見たら社長の溢れんばかりの色気に、ええ、そりゃもう、ぶっ倒れてしまうこと請け合いですよ。

そう、口を開こうとするが。

……え、あれ。こ、これ、もしかして本気で迫られているの？

「え、しゃちょ、どう、いう」

「君が好きだと言っている」

言ってなかったよ！　今言ったところだよ！　……え。今、言った？

「君が好きだ」

追い打ちをかけるような社長の言葉にどくんと一際高く鼓動が跳ねる。

え、い、いや。ちょ、ちょっと待って下さい。

追いつかない心と共にさらに後ずさりしてしまう。

「む、無理です、私。しゃ、『社長の愛人』とか、む、無理ですからっ」

あ、あれ？　そもそも愛人の定義って何だっけ？　あ、そう言えば、中国語では愛人は妻って意味じゃなかったっけ？　そもそも愛人は、愛する人という意味のはずなのに日本ではずいぶん不名誉な言葉になってしまっている気がする。

……って、だからー、今そんな事どうだっていいってばっ！

「誰が愛人になれと言った」

社長は不愉快そうに眉をひそめた。

あ、あれ？　愛人じゃなかったんだ？　し、失礼しました。自意識過剰でしたね。うわ、恥ずかしーっ。しかしじゃあ、一体。

「じゃ、じゃあ、何なんです？」

「一人の男として君が好きだという以上の言葉がいるのか？」

ひ、一人の男として？　社長が？　私を？　す、好き？　……い、いや、な、ナイよ。あ、あり得ないよ？

「じょ、冗談にしては悪質ですよ」

「冗談として受け取られるとは心外だ」

「……っ」

あ、あの。真顔で言われると本気にしちゃいそうなんですけど。ホント、しゃ、社長って悪い男ですね。い、いや、知っていましたけど！　……ほ、本気ですか？

「え、えと。社長にはもっとふさわしい女性がですねっ」

何ですかね、このドラマみたいなセリフは。人間、追い詰められると月並みな言葉しか出ないものなんですね。

「その顔で言われても説得力はないが」

肩に置かれる社長の手の平の熱と忍び寄る香りを感じてさらに頬が上気する。

お願いです、もうこれ以上その端整な顔を近づけて来るのはやめてー。いくら社長なんだからと思っても、心臓が持たないってばー。

「どど、どうどう。お、おち、落ち着きましょう、しゃ、車掌っ！」

「……君が落ち着け」

私は社長の胸板を押し返す。

わっ、胸板厚いですね。社長は細マッチョでしたね？　い、いや、そんな事考えている場合じゃないってばよ。

「ふ、不純異性交遊は、せ、世間様が許してもお天道様《てんとさま》が許しませんよっ。い、いい大人なんですから、まずはプラトニックな清く正しい交際からスタートが、す、筋なのですよ？　あ！　い、いや恐れ多くも別に交際し、しようとか露ほどにも」

すみません、もう何を口走っているか自分でも分かりません。頭がぐるぐるしてきた。

「……分かった」

「わ、分かって頂けましたか！」

さすが社長様。このつたない言葉で伝わるとは感涙《かんるい》である。

「ああ。君の精神構造は中学生で止まっているという事が分かった」

し、失礼ですねっ⁉　遅れてやって来た中二病とかじゃないんですからねっ。

「君のレベルに合わせてやろう。これから君を口説くことから始める。幸い時間はたっぷりあるしな」

「は、はぁぁっ⁉」

社長はすっかりソファーに倒れ込んでしまった私の脇に腕を置いて身動きを取れなくした。

……え、ちょ。床ドンで囲うとか、ま、待って待って、何それ反則です。か弱い女性に対して、

物理的な逃亡を妨害する、ひ、卑劣な行為ですよ！

「だが、女を口説いた事がないから手加減が分からない。多少過ぎても勘弁しろ」

さり気なくモテ自慢しないで下さい。何かムカつきますよっ！　じゃなくて手加減って何⁉　た、多少過ぎても、勘弁しろとか全く意味分かりませんっ。

「しゃ、社長、あ、あのあのあのっ！」

「社長はやめろ。貴之と呼べ」

よ、呼べるものですかぁーっ！

ああ、もう無理。許容量一杯です。逃げるが勝ち。必殺、現実逃――。

「ああ、意識を飛ばすのは勝手だが、俺に隙を見せて今度はただで済むと思わないことだ」

社長は私の思惑に先回りすると、蠱惑的《こわくてき》な笑みを浮かべ私の顎を掴むと、下唇を指で扇情的《せんじょうてき》にゆるりとなぞった。

……ひっ⁉　し、心臓が喉から出るっ！

思わず手で口を押さえてしまう。

「プラトニックな関係から始めたいんだろう？」

い、言ってない言ってない。始めたいとは全然言ってないよーっ⁉

何とか身を起こそうとするが、一瞬早く押さえ込まれて耳元に囁かれた社長の低く艶やかな声にぞくりと電気が走って硬直した。

あ、これ。精神的な逃亡も無理なやつです。勝てる訳が――ない。

耳に流し込まれる社長の甘い毒に陥落《かんらく》するのも時間の問題。

……なんでしょうか、やっぱり。

あとがき

この作品は小説投稿サイト「小説家になろう」にて原題：『目覚めたら記憶喪失でした』として投稿させて頂いたものです。連載を始めたのは「MFブックス＆アリアンローズ新人賞」が始まる半年ほど前のことで、当初は自分が賞に応募するとも、まして新人賞を頂くなどとは夢にも思っておりませんでした。

光栄にも受賞のご連絡を頂いた時は、頭が真っ白になって何度読み直しても目が滑り、時間が経ってはまた読み直し、『目覚めたら夢のお話でした』にならないかと、眠りに就いて朝起きるのが怖かったことを今でも鮮明に思い出します。

担当者様に改めてご連絡を頂いてからは、じわじわ実感が湧いてきて、メンタル＆フィジカル最弱の私は胃痛・胸焼けに襲われたこともありますが、今ではそれも良い思い出です。

間違いなく、私の人生において重大ニュースの一つとなりました。

アリアンローズ編集部の皆様、本当にありがとうございました。

書籍化に向けてですが、作業を進めていくにあたり、初めての事ばかりで勝手が分からず、担当者様とは何度もやり取りをさせて頂きました。その中で描写不足シーンのご提案を頂いたり、不安な点のご助言を頂いたりと大変お世話になりました。

校正者様には数々の誤字脱字でお手数をお掛けすることになってしまいました。一方で、こんなにあったのかと私自身、少なからず衝撃を受けたという……。

イラストレーターのhi8mugi（ヒヤムギ）様におかれましては、拙い自分の文に美しいイラストで華を添えて頂きました。また、メインキャラの一人なのに自分ですらうまくイメージが湧かなかった人物を見事なまでに再現して頂いた時は「これだー！」と叫んでしまいました。

改めて振り返りますと、書籍発行は本当にたくさんの方々のお力添えがあってのことだったのだなと思いました。深く感謝しております。

『目覚めたら悪役令嬢でした⁉　～平凡だけど見せてやります大人力～』はこれで一つの区切りを迎えましたが、またいつの日か別の形で皆様にお会いできますよう、これからも精進して参ります。

最後になりましたが、書籍化に携わって下さった全ての方々、そしてWeb小説からお読み頂いている皆様、書籍にて初めて手に取って下さった皆様、心よりお礼申し上げます。

誠にありがとうございました！

じゅり

ありがとうございました!
hi8mugi

目覚めたら悪役令嬢でした!?　2
～平凡だけど見せてやります大人力～

＊本作は「小説家になろう」（http://syosetu.com/）に掲載されていた作品を、大幅に加筆修正したものとなります。
＊この作品はフィクションです。実在の人物・団体・事件・地名・名称等とは一切関係ありません。

2017年1月20日　第一刷発行

著者 …… じゅり

イラスト …… hi8mugi
発行者 …… 辻 政英
発行所 …… 株式会社フロンティアワークス
〒170-0013　東京都豊島区東池袋3-22-17
東池袋セントラルプレイス5F
営業　TEL 03-5957-1030　FAX 03-5957-1533
アリアンローズ編集部公式サイト　http://www.arianrose.jp
編集 …… 末廣聖深
装丁デザイン …… ウエダデザイン室
印刷所 …… シナノ書籍印刷株式会社